ГОЛОСА АНГЕЛОВ
VOICES OF ANGELS

Елена Лесник / Elena Lesnick

2023

Elena Lesnick
bestfutureelena@gmail.com

Голоса Ангелов (Voices of Angels) / Елена Лесник (Elena Lesnick)
The main category of the book – Fiction – Prose. Второе издание

Содержание

Картина "Мир внутри меня", художник Татьяна Денисова

ЦЕНЗОР

Настал тот важный день, но она все еще искала ответы. Каждый раз она вдыхала в себя мир лжи, пытаясь проснуться. Цензор внутри неё не смыкал глаз, постоянно разговаривая в её голове.

"Ведь любой может это сделать," насмешливо произнес он.

"Нет," медленно сказала она, подходя к большому окну в своей гостиной. Была поздняя ночь, и перед ней мерцал огромный город. Её окно было квадратным, с широким подоконником. Занавесок на нем не было – так лучше наблюдать за миром. Она прислонилась к холодному стеклу, и её дыхание быстро образовало туманное пятно на дождливой поверхности.

"Пойми, я не могу тебя отпустить," серьезно сказал цензор.

"Просто попробуй," пробормотала она в туман своего существования.

Её шаткая цензурная конструкция дрожала. В тот момент, она состояла из слишком большого количества надстроек, которые было сложно попытаться сразу осознать и потрогать. Одновременно, в ней было столько такого, что она любила всем сердцем и просто не могла отпустить.

"Почему ты все еще ждешь меня?" громко спросила она, надеясь, что её голос будет услышан снаружи. "Почему же ты все еще здесь, на моей крыше, каждую ночь?»

Никто не ответил. Жестокая тишина выдавила весь воздух из её пустой квартиры на верхнем этаже мегаполиса. Она огляделась. Её стол, её диван-кровать, её лампа, её полка – все было полезно, но обезличенно. Ничего о ней: ни коллекций монет, ни картин, ни магнитов из странных путешествий – как будто там никто не жил.

Внезапно она увидела свой собственный образ, идущий перед ней. Красивая, стройная девушка повторяла, «Я знаю тебя. Ты – это я. Мы – одно целое.»

"Кто ты? " прошептала она.

"Я твой цензор. Я – слова твоей мамы. Я – действия твоего отца. Я – реакция толпы на твои успехи и неудачи. Я знаю, когда тебя остановить. Я нажимаю на твои кнопки", закончила девушка с гордой улыбкой ребенка.

Она чувствовала себя раздетой догола. Она больше не была хозяйкой своей вселенной, а скорее служанкой. Она была ошеломлена.

"А теперь пора с тобой покончить. Ты доставляешь мне слишком много хлопот своими бесполезными желаниями, убеждениями и чувствами. Пришло время избавиться от них, так же, как я поступала с теми вещами и людьми, которых ты любила раньше," терпеливо сказал её двойник. "Мне будет гораздо легче управлять тобой без этого дурацкого бессмысленного желания любить!»

"Н-ет, " беззвучно произнесла она.

"Что такое?"

"Нет," повторила она, сжимая кулаки.

"Я знаю, знаю. Это больно. Мы сожжем эти письма, убьем пару аккаунтов в социальных сетях и отпишемся от пары плохих людей. Ты даже ничего не вспомнишь и будешь как новенькая.»

Картина "Освобождение" художник Татьяна Денисова

Ее цензор насвистывала какую-то заезжанную мелодию, как полоумный хирург перед простой рутинной операцией.

"Нет!" закричала она так громко, как только могла.

Усилием воли она нащупала кончиками пальцев стул, схватила его и ударила по стеклу окна, которое с грохотом разбилось, разлетевшись на миллион стеклянных осколков.

Она стояла и улыбалась, чувствуя на щеках холодный ветер и дождь. Она плакала впервые за три года. Маленькие реки её души слились в одно цунами и прорвали плотину ее цензора, оставив после себя хаос и ясность. Наконец-то она осталась одна, и ей это нравилось. В её голове не было никаких голосов – никаких барьеров. Она чувствовала только безграничную любовь, которая наполняла её сердце.

"Теперь я знаю," прошептала она в темноту. "Ты все еще ждешь меня, потому что любишь.»

Она взяла телефон, набрала номер и замерла в ожидании, слушая равномерные гудки.

"Привет," произнес чей-то спокойный голос.

"Послушай! Я тоже тебя люблю. Мне уже всё равно. Пожалуйста, приезжай. Просто останься. Дай мне почувствовать тебя, даже если это будет длится всего лишь одну секунду," произнесла она на одном дыхании.

"Ты же знаешь, что я всегда здесь, на твоей крыше," ответил радостный голос. "Я уже иду к тебе. Спасибо за окно!"

Картина художника Ольги Софиевой

ДАР ЖИЗНИ

Моя бабушка всегда была особенной. Она защищала меня от всего плохого в этом мире. Она нянчилась со мной, пока мама была на работе. У меня есть смутные воспоминания о ней, начиная с того времени, когда мне было два или три года.

Она никогда не оставляла меня одну в моей кроватке. Она позволяла мне бродить по нашей однокомнатной квартире. Она часто мыла полы. Она была очень энергичной – как я сейчас, наверное. Она говорила вещи, которые звучали как тайные знания, глядя мне прямо в глаза. Помню она говорила: "Учись, пока я жива."

Раньше я была безответственной и не особо её слушала. Я только припоминаю, как слышала звук её слов, часто просто смотря в окно. Видимо так её слова соединились в моей голове с образами природы, неба и солнца.

Эти советы становились частью меня так естественно все эти годы, что я даже не помню, когда начала незаметно для себя делать то, о чем она всегда меня просила: убирать вещи, аккуратно раскладывать подушки на диване после того, как встаю, вешать одежду на стул по возвращении из школы, чтобы она "проветрилась". Последняя привычка все ещё со мной по сей день. Именно поэтому я оставляю груды одежды на своем стуле. Я не против.

Еще одна нелепая привычка – выворачивать всю одежду наизнанку перед стиркой или сушкой, «чтобы цвета тканей не выцветали на солнце». Я понимаю: моя бабушка прошла через войну. Когда ей было около 10 лет, каждое утро ей приходилось идти пешком два километра из своей деревни в большой город, чтобы продавать молоко, а потом к полудню возвращаться обратно пешком в свою деревню. Когда она родилась, священник перепутал дату её рождения (палочку не доставил). Поэтому она говорила, что у неё их два: один в феврале и один в марте. Я до сих пор праздную оба. Я часто удивляюсь, как она могла быть такой свободной и жизнерадостной, пережив голод, а также тяготы войны и послевоенного мира.

* * *

Я единственный ребенок в семье и все еще пытаюсь понять, каково это – иметь братьев и сестер. У моей бабушки их было трое. Сначала их лишили всего имущества большевики, а потом началась Вторая мировая война. Ее отец – мой прадед – ушел на войну. Вскоре за ним последовал её брат, Александр. Моя бабушка каждый день работала на заводе, производившем инструменты для танков и других боевых машин. Это была непомерно тяжелая работа, не подходящая для молодой женщины.

Вот почему я всегда доедаю свою еду и никогда не выбрасываю хлеб. Если приходится это делать, то чувствую себя плохо. Я до сих пор помню её рассказ о том, как однажды в детстве она проголодалась и стала искать кусок хлеба по всему их бревенчатому дому. Она заглянула везде – по углам, на полки, под столы, в печку. Ничего. Затем она откопала кусок старой хлебной корочки из дальнего угла пыльной угловой полки – там, где стояли иконы. Она жадно сунула его в рот и почувствовала кислый привкус крошек и плесени. Она любила говорить, что это был лучший вкус в её жизни.

В нашем доме все шло в дело. Когда я была маленькой, я научилась накапливать и сберегать. Я помню, как сидела рядом с мамой и бабушкой на кухне (они готовили пельмени) и смотрела, как они тщательно собирают ножами маленькие кучки муки на деревянной столешнице, чтобы использовать их для следующей партии. Такие вещи врезаются в память и остаются с тобой на всю жизнь. Я и сейчас так делаю.

* * *

Иногда мне кажется, что я даже не знаю, что она любила. Я знаю, что она могла часами слушать радио. Мне это тоже нравится. Она обычно включала радио около полудня, когда я возвращалась из школы. Каждый раз, там шла программа "Театр у микрофона". Я сидела неподвижно, слушая эти старомодные аудиокниги. Думаю, если она была бы сейчас жива, то полюбила бы Audible. В молодости ей нравилось читать. Но она начинала ворчать, если я читала в постели. Она часто говорила, что именно так потеряла своё зрение. Я слышала это так много раз, что в один прекрасный день в возрасте шести лет моё зрение испортилось само собой. Откуда я это знаю? Я вообще не была читательницей. Просто, полагаю, её намерение создало новую реальность.

Я помню дом, в котором она жила, и её квартиру на первом этаже со старым туалетом и скрипучими темно-коричневыми полами. Я навсегда запомню повторяющийся узор из бордовых королевских лилий на обоях. Это напоминает мне о том времени, когда мир был большим и волшебным. Впоследствии, мы таскали за собой ее старый диван с квартиры на квартиру. Из этого многообразия я больше всего любила двор. Там я встретила свою первую лучшую подругу. Сейчас я не помню её имени, но помню это чувство, очень глубокое и искреннее. Мы были так свободны, бегая по улицам через

кусты и сумасшедшие строительные площадки! Эти воспоминания теплом отзываются в моем сердце. Я сохраню эти чувства навсегда.

Потом мы переехали, а старую квартиру продали. Я скучала. Я возвращалась к дому, чтобы подышать его воздухом, посидеть и поразмышлять.

Но я должна была быть сильной – как все женщины в нашей семье. Я должна была быть стойкой, чтобы выжить, потому что мои предки

были такими. Моя бабушка гордилась своим наследием. Она была храброй. Она любила рисковать. Она родила мою маму в возрасте 33 лет. Сейчас это может показаться нормальным, но в то время это было возмутительно: родить в 33 года! Я до сих пор удивляюсь, как она находила в себе силы бороться за нормальную жизнь. После войны трудно было найти мужчину, за которого можно было бы выйти замуж. Поэтому, когда она встретила достаточно подходящего и одинокого, то вышла за него без колебаний. Потом она решилась завести ребенка. Вот почему моя мама – единственный ребенок в семье. Моя бабушка очень любила её и хотела, чтобы она стала самой лучшей. Она была строга к моей маме, и редко ей довольна. Она всегда хотела для неё большего. Мне иногда кажется, что это воздвигло стену непонимания между ними. Я никогда не чувствовала искренней взаимной любви. Иногда, когда мама расстраивалась, моя всегда строгая бабушка вдруг становилась мягкой и любящей.

* * *

По-видимому, я получила большую часть любви бабушки.

Когда я была маленькая, произошел забавный случай. Была зима, и я сидела в санках, вся закутанная. Бабушка тянула их за своей спиной, когда на меня упал проходивший мимо пьяный мужчина. Одна маленькая деталь: накануне я бежала и ударилась лбом об угол огромного деревянного сундука. У меня был внушительный синяк на переносице, который потом расцвел и под глазами. Так что по сути мужчина упал на ребенка с огромным синяком. Когда моя бабушка увидела его, она накинулась на мужчину с кулаками и оттолкнула его. Кажется, она даже нецензурно выругалась. Я помню, что мужчина был очень бледен. Я могу только представить, что он почувствовал. В тот момент ему казалось, что он упал на ребенка и оставил на нем синяк в пол-лица.

Я всегда вспоминаю об этом с улыбкой. Тот день показал мне, что моя бабушка защитит меня от кого угодно. Она до сих пор это делает.

Так выражалась её суровая любовь. Она была очень тактильной. Иногда мне кажется, что у меня её руки и её способ любить.

Однажды утром я пробралась к ней в постель. Желтые занавески были задернуты, но солнечный свет пробивался сквозь щели и создавал приятный, обволакивающий свет. Я лежала, глядя в потолок. Потом бабушка проснулась и повернулась ко мне. Кажется, мне было около семи лет…Она подняла свою руку (как часто это делала) и игриво уронила её на меня. Это было весело. Она сказала: "Посмотри на эти руки. Они всегда были грубыми, как у мужика, из-за работы. Сейчас мои ладони тоже огрубели, и мои руки — кости и кожа, но они все ещё очень сильные. Они никогда не были красивыми."

И мы так играли. Её рука в солнечном свете казалась огромным столетним деревом. Это было прекрасно. Но я никогда не говорила ей об этом. Сегодня мои ладони и кисти выглядят именно так. Я играю в эту игру со своими детьми. Мне все ещё больно.

*****

Она научила меня стольким вещам, и только сейчас я начинаю полностью осознавать её мудрость. Я благодарна, что слушала. Я благодарна себе, что запоминала. Она всегда хотела, чтобы мы с мамой были умными. Окончив лишь три начальных класса школы, она делала всё в её силах, чтобы дать нам самое лучшее в жизни.

Она работала швеёй. Помню, мама говорила, что она всегда была самой нарядной девочкой во всей школе, потому что бабушка шила ей платья и юбки. У нее был настоящий талант. Люди приезжали к ней со всего города. Она умела шить пальто, нижнее бельё, верх и низ как для мужчин, так и для женщин, начиная с лекал. Иногда она показывала мне свои дизайны. Она была звездой до того, как появилась индустрия моды. Она помогала мне с уроками труда в школе. Я была лучшей, хотя у меня не было к этому никакого таланта.

Интересно, кем бы она стала, если бы не война? Она была очень высокой, и дети постоянно смеялись над ней из-за этого. Но когда я смотрю на фотографии, я всегда поражаюсь, насколько она была красива. Как принцесса.

Она всегда была позитивной, хотя её муж много пил и кричал по ночам. Из-за этого моей маме до сих пор снятся кошмары. Это была тяжелая жизнь, и я не могу себе представить, как она с этим справлялась.

Позже моя бабушка жила с нами, помогала по дому и нянчилась со мной, пока родители были на работе. Она всегда что-нибудь пекла. Она была хозяйкой дома. Никто не мог ничего сказать против неё, даже мой отец. Каждый вечер за обеденным столом мы все сидели и ждали, пока она подаст еду. Ложки она раздавала последними, когда садилась сама. К моему удивлению, я тоже это делаю. Это просто кажется правильным.

Она всегда была со мной. Она всегда была рядом, пока не ушла за день до моего 25-летия в возрасте 82 лет. Это было как гром среди ясного неба.

За неделю до этого у меня с ней состоялся трогательный разговор. Я показала ей фотографии своего парня (теперь моего мужа) и рассказала о своих чувствах и страхах. Я сказал ей, как люблю её и прочитала ей пару своих рассказов. Она была очень счастлива. А потом мы с мамой отправились в однодневную поездку.

Когда мы вернулись, её уже не было. Все, что я помню – это её руки с темными линиями. Ее сердце устало биться. Она была свободна, а мне было больно… Я винила себя за то, что оставила её одну, хотя знала, что это ничего бы не изменило. Думаю, моя мама тоже. Мы обе виним себя.

По сей день, я счастлива, что мы тогда поговорили. Как хорошо, что я успела это сделать! Знаю, что она ушла, радуясь за меня, и осознавая, что со мной все будет хорошо.

***

Иногда я смотрю на своих детей и вспоминаю, как бабушка говорила, что хотела бы увидеть своих правнуков. А потом она умолкала и с грустью добавляла, что будет слишком стара, чтобы помочь, и потому будет бесполезна. Для неё любовь заключалась в «делании». Но я любила её просто за то, что она была…

Я родила первого ребенка в 31 год, второго – в 33. Мой маленький сын унаследовал черты моей бабушки. Иногда это так чудесно наблюдать! Если я спрашиваю его: "Ты наша Баба Дуся?", он всегда улыбается и говорит: "Да." Это согревает моё сердце.

Любовь между внуками и бабушками особенно глубока и священна – как моя с моей бабушкой. Это помогает мне идти вперед без страха, зная, что она все ещё прикрывает мою спину, несмотря ни на что.

Частичка её жива и будет жить в будущем, зажигая новые огни. Каждый день я смотрю на "эти руки" и беспредельно люблю каждую их клеточку.

Ничто не бывает напрасным. Никто не потерян. Мы все любимы и ценны. Благодарю тебя, бабушка, за этот дар!

Картина "Капучино" художника Анастасии Питановой

Капучино

“Капучино?”

“Да.”

“С корицей?”

“Да.”

“ С сахаром?”

“Да.”

“… И немного любви, пожалуйста, с собой ”, – улыбнулась она.

Он был художником. Он умел делать отличные капучино и рисовать на них замысловатые изображения. На этот раз это было сердце. Некоторое время оно оставалось на поверхности, и она смотрела на него не двигаясь. Она закрыла глаза, вдыхая сладко-горьковатый запах кофе.

Кофе, кофе …

Да, она слишком хорошо помнила его – запах похоти и страсти, бессонных ночей и нежности. Она обхватила руками голову, потом открыла глаза и огляделась.

Люди, все эти люди, везде … Где он?!

“Вы желаете что-нибудь еще?” Голос разбудил ее от мечтаний.

“Нет”, – в отчаянии сказала она, оглядывая стены помещения. Нет, нет … если только …

Она резко встала, взяла свои вещи и начала медленно шагать. Один – два – три – четыре – д в ер ь …

На улице было ветрено. Ей всем нутром захотелось прогуляться. Она хотела просто заблудиться. Шаг – за – шагом – один – два – три… Машины проносились мимо, и улицы были серыми. Жизнь продолжалась без неё.

Я недвижима … и Я все еще здесь. Я все еще дышу. Мир вокруг меня все ещё существует.

Она с особой силой сжала чашку, развернулась и побежала обратно к мотелю через дорогу, как будто от этого зависела её жизнь.

Через десять минут женщина вошла в едва освещенную комнату и коснулась его плеч.

“Ты можешь дать мне больше … любви?” – она спросила его, тяжело дыша.

“Я отдал тебе всю свою любовь. Больше ничего не осталось. Ты выпила ее всю до дна и забыла об этом. Ты забыла как это быть самой собой”, – не поворачиваясь, сказал он тихо и твердо.

Он был неподвижен и красив как гора. Ей нравилось смотреть на его потрясающий силуэт на фоне тускнеющего неба.

“Возьми все обратно! Мне это больше не нужно. Дай мне вдыхать твой воздух. Позволь мне увидеть твои сны. Разреши мне почувствовать твою любовь. Позволь мне насладиться запахом твоего утра с …*капучино и туманом …*” Она опустилась на пол, опустошенная.

Вдруг он повернул голову и внимательно посмотрел на нее. Медленно ползли минуты, и с ними тихие фразы и предложения текли как реки из одного сердца в другое и обратно будто в сообщающихся сосудах. Воздух ощущался твердым и липким. Ее сердце до краев наполнилось любовью. Мир остановился в безмолвии.

Он схватил ее своими сильными руками и поцеловал. Она знала, что это был последний раз. Он знал, что это навсегда.

Он сделал ей еще один кофе, и она ушла, как обычно. Мир продолжал двигаться, но в тот день ее капучино был исключительно горьким.

Она сделала глоток и улыбнулась. «Я настоящая. Я здесь. Я жива. До свидания», — написала она на салфетке и толкнула ее под дверь мотеля, прежде чем уйти.

Картина "Лифт", художник Юрий Воробьев

ЛИФТ

Сухой осенний лист летел через оживленную улицу. Он огибал газетные киоски, пожарные гидранты и людей, идущих своей дорогой. Он скользил, ловя каждый порыв ветра, пока не влетел прямо в грудь молодой женщины.

Что это? подумала она, поднимая лист и входя в высотное здание.

"Здравствуйте, меня зовут… У меня есть опыт в…" повторяла она, направляясь к лифту. Ее указательный палец коснулся крошечной гладкой кнопки, и она остановилась.

"Ладно. Я просто должна успокоиться," пробормотала она. "Мне нужно сосредоточиться."

Двери открылись, и она вошла в маленькую кабину лифта. Она стояла там, пока двери не закрылись, оставив позади тишину.

Хорошо. Пятый этаж. Она нажала еще одну кнопку.

Вдруг двери снова распахнулись, и в лифт хлынул поток веселых людей. Её затолкали в дальний угол маленького квадратного помещения.

"Ты же знаешь, он такой тупой!" сказала девушка.

"Да уж. Интересно, он хоть что-нибудь знает о нас?!" сказал парень, улыбаясь. Все рассмеялись.

"Выходим, выходим, выходим," сказали остальные члены этой компании, когда лифт остановился на их этаже, и все они вышли, как вода, быстро сливающаяся в ванне.

А она стояла в лифте неподвижно, будто пропитавшись их энергией и одновременно утонув в ней. На глаза её навернулись слезы.

"Нет, нет, нет. Это просто люди. Ладно, поехали!" Она раздраженно снова нажала на кнопку.

Но лифт остановился на следующем этаже, и вошла дама с маленьким ребенком. Она была занята тем, что что-то печатала на своем телефоне, в то время как ребенок с любопытством смотрел по сторонам.

Глаза девушки встретились с глазами ребенка. Она потерялась в этих невинных озерах счастья. Она не могла остановиться и всё смотрелась в них. Ребенок улыбнулся, и её внутренний ребенок улыбнулся в ответ. Она утонула в образах травы, солнца, птиц и деревьев. Вдруг всё прекратилось.

Она очнулась от крика матери малыша, которая что-то пыталась ей донести. Она моргнула. Женщина говорила что-то вроде: "Вы не имеете права так смотреть на моего ребенка. Что вам от нас надо?".

В-общем, женщина вышла на следующем этаже. Она казалась очень расстроенной.

"Что со всеми не так?" подумала девушка, все еще пытаясь нажать на свою кнопку.

Двери, наконец, начали закрываться, когда она услышала, как кто-то сказал "пожалуйста, подождите" и потянулся, чтобы не дать дверям закрыться.

На этот раз это был молодой человек. Он был высоким, симпатичным и стройным. Он выглядел скучающим.

"Хорошо, что ты успел," вдруг сказала она, улыбаясь.

"Пока не уверен," ответил он.

Его тон был удивительно пуст, как тупой нож, разрезающий тишину лифта.

Она сделала глубокий вдох. "На какой тебе этаж?"

"Верхний," отрезал он.

"Понятно," сказала она, взволнованная тем, что сегодня у нее будет хоть один нормальный разговор.

"Что там?" Она чувствовала, что у её истеричная натура начинает выходить и накрывать этого незнакомца волной негодования.

Он уставился на неё. Они смотрели друг другу в глаза почти вечность, а затем он медленно сказал: "Я – пока – не – знаю."

Она забыла, зачем вошла в это здание, зачем нажимала на эту кнопку и почему вообще начала этот разговор. Его глаза были полны чудес. Чем дольше она смотрела, тем больше она тонула в них.

"Там ничего нет," аккуратно сказала она и попятилась из лифта, когда двери наконец открылись на пятом этаже. Она хотела остаться в том моменте навсегда. Она так боялась, что просто не могла.

Они стояли так еще несколько секунд, пока двери не закрылись, и она наблюдала как огонек лифта поднялся по шкале и остановился на верхнем этаже.

"Что я делаю? Я должна получить эту работу," она почти приказала себе тутже забыть обо всем произошедшем.

* * *

Час спустя она сидела на собеседовании, и пожилая дама задавала ей стандартные вопросы.

"Какое у вас образование?"

"Я закончила … подождите. Я дам вам свое резюме." Она наклонилась, чтобы взять свои бумаги, и увидела лист дерева, который подняла с земли тем утром. Улыбка осветила её лицо.

“Почему вы улыбаетесь?” удивленно спросила дама.

“Есть вещи, которые нельзя измерить уровнем образования,” сказала она, почти напевая слова, держа листок в руках. “Я совершаю ошибку. Я должна идти.”

Она схватила свои вещи и выбежала из кабинета. “Детские глаза, детские глаза,” пробормотала она.

Двери лифта уже закрывались, когда она потянулась к ним. “Пожалуйста, подождите,” прокричала она.

И вот она стояла там, широко улыбаясь, с сумкой, пальто, листком и телефоном в руках.

“Хорошо, что ты успела,” сказал пожилой голос.

“Пока не уверена,” эхом отозвался её голос и она остановилась в шоке, пораженная дежавю.

Пожилая дама вдруг спросила: “Вам на какой этаж?”

“Самый верхний,” радостно ответила она.

“Что …” удивленно начала дама.

“ …там? Я – пока – не – знаю. Хотите посмотреть?” она искрилась от смеха.

“Там ничего нет,” сказала пожилая дама, пятясь из лифта. Но в последнюю секунду девушка успела отдать ей листок.

“Вот. Это поможет. До свидания.”

Двери закрылись, и лампочка лифта снова пошла вверх по шкале.

Любовь

Ш ум бегущей воды в ванной напомнил ей, что пора было идти. Она еще раз взглянула на малыша. Он улыбался ей и, как обычно, что-то лепетал.

Она сняла рубашку, взяла ребенка и нагая пошла в ванную комнату. Воды в ванной уже было слишком много. Она прижала ребенка к себе и шагнула внутрь. С каждым движением горячая вода накрывала её все больше, покалывая кожу. Она почувствовала тепло каждой клеточкой своего тела, ничего не слыша — ни плача ребенка, ни проезжающих мимо машин. Она на секунду легла, вздохнула, обняла своего ребенка и полностью опустилась под воду.

В её ушах воцарилась тишина. Она почувствовала, как из её ноздрей выходят маленькие пузырьки воздуха, поднимаясь на поверхность. Её глаза открылись, зафиксировавшись на белом полотне потолка сквозь слой воды.

Пусть все произойдет быстро, подумала она.

Сколько уже прошло времени? Секунды? Минуты? Она держала под водой маленькое человеческое тело.

Здесь нет воздуха, пришла в голову мысль.

Картина "Любовь", художник Анастасия Питанова

Внезапно она почувствовала, как будто со всех сторон на неё хлынула вода. Со стен и потолка лились реки, заливая всю ванную комнату. В агонии она открыла рот, пытаясь вдохнуть хотя бы немного воздуха, и захлебнулась.

Вспышка света остановила боль.

***

Она видела себя младенцем, лежащим на кровати. Огромный, похожий на гору, человек, приблизился к ней, что-то громко крича. Она была слишком мала, чтобы посмотреть, увидеть и понять, что именно происходило. К тому же весь мир был перевернут вверх ногами. Но она чувствовала страх каждой клеточкой своего тела, пытаясь сказать: "Нет. Остановись. Мне страшно. Я люблю тебя." Но она только могла издавать детский лепет и плач.

Беспомощная, она была поднята в воздух своей «любимой горой». На секунду ощущение безопасности привело её в восторг! Но в следующую секунду эти самые руки просто отпустили её.

"Ты мне больше не нужна," услышала она, тяжело падая на кровать с широко раскинутыми руками. Она была в замешательстве. Через несколько секунд она почувствовала себя одинокой и немой. Нет нужды лепетать. Никто все равно не слушает.

***

Ей было 7 лет, она бежала по полю, нежно касаясь колосьев пшеницы кончиками пальцев. Трава была такой высокой, что закрывала горизонт. Она чувствовала солнце и ветер на своем лице. Все было возможно! Трава стала её лесом, укутывая её абсолютной свободой и счастьем. Звуки природы в утреннем легком летнем ветерке играли мелодию в её голове, и она вприпрыжку бежала по маленькой тропинке впереди своей мамы.

"Эй, птичка," сказала она пролетающей мимо птице. Она остановилась, огляделась и никого не увидела. "Мам?! Мама, ты где?"

Эхо было её единственным другом. Вокруг никого не было.

Они оставили меня. Они забыли про меня… Ей было безумно страшно тогда. Дрожа всем телом, она осмотрелась и, крича, попыталась вспомнить дорогу назад. Но никто не услышал её криков.

* * *

Вот и наступил её десятый день рождения. Её отец, друзья, другин люди с подарками и сладостями – все были в сборе. Она была довольна.

Слишком много «почему» приходило ей в голову, пока она стояла, наблюдая, как разговаривают взрослые и играют другие дети. «Почему папа перестал учить меня кататься на коньках? « подумала она. «Это было так весело. «

Она пробралась в спальню своих родителей и обнаружила на стуле пакет со сладостями. Жуя и пряча карамельки за спиной, она стояла в дверях, глядя на танцующую девочку. Девочка напоминала ангела: кудрявые волосы и белое легкое платье. Детям она очень нравилась. Они все хлопали в ладоши и смеялись. На секунду их глаза встретились, остановив время. Девочка улыбнулась. Кто она? Наверное, одна из моих старших троюрдных сестер.

Она зажмурилась. Когда она открыла глаза, перед ней стоял её отец.

"Папа, почему мы больше ничего не делаем вместе?" спросила она, доедая последнюю конфету.

Он выглядел озадаченным. Его странная улыбка насторожила её, ведь это был простой вопрос.

"Спроси свою маму," сказал он, помолчав. Он обнял её. Ей казалось, что тысячи океанов вылились из её глаз. Она отвернулась. Никого это не интересовало.

Она никогда так и не спросила об этом свою маму. Она вообще перестала спрашивать людей о чем-либо. Каждый раз их ответы причиняли резкую боль под ребрами.

* * *

Время ускорялось, сметая дни календаря снова и снова.

У всех была своя жизнь. И она жила сама по себе. Проявления любых чувств ни к чему хорошему её не привели. Каждый раз, когда она говорила «я люблю тебя», никто не слушал. Работа, отношения с друзьями и с мамой – всё было пресным. Им не было до неё никакого дела. Она была свободна, вполне сносно обходясь без любви.

“Ты мне больше не нужен,” крикнула она своему любимому, заперла дверь и проплакала всю ночь.

Но внутри неё жил малыш. И он был от него.

* * *

“Я беременна,” прошептала она ему на ухо.

Его «поздравления» будно сотни ножей вонзились ей в сердце. Она помнила ту невыносимую тишину: медленную, липкую, затягивающую ко дну черную массу времени.

Она судорожно вздохнула и выдавила: “Он твой.”

“Я должен идти,” спокойно сказал он, отвернувшись.

“Иди! Ты мне больше не нужен!” закричала она и захлопнула дверь.

* * *

Какая-то дама протянула ей ребенка, и она растерялась.

Что это? подумала она. И что теперь я должна быть счастлива?

Это человеческое существо было крошечным. Новорожденный постоянно издавал раздражающие звуки и просил объятий, внимания, еды и заботы. Состояние безысходности и одиночества преследовало её.

"Я не способна быть твоей мамой, малыш," часто говорила она. "Я не умею тебя любить."

* * *

Вода всё ещё переливалась через края ванны. Она почувствовала онемение и легкость, все ещё держа на руках своего ребенка, который перестал двигаться.

Она увидела свою бабушку. Мягкие старческие пальцы коснулись её ладони, а потом начали играть с её волосами на солнце. Тут её сердце просто разорвалось от нежности.

Она услышала повторяющееся "Вверх. Вылезай" Повинуясь порыву, она попыталась подняться, но не смогла сдвинуться с места. Тело больше не подчинялось ей. Впадая в отчаяние, она вдруг увидела себя сверху, лежащую в ванне, полной воды, смотрящую вверх своими голубыми глазами и держащую на руках своего ребенка.

"Давай же! Вставай! Ты любима. У тебя ещё есть шанс," крикнула она сверху в воду. Но оба тела в ванне не двигались.

* * *

Через несколько секунд в комнату вбежали трое мужчин. Ругаясь, они вытащили женщину и ребенка из переполненной ванны. Женщина громко закашлялась. Ребенок был спасен. Он все еще сосал матсринскую грудь.

Мужчины завернули ребенка в теплое одеяло.

Она услышала вой сирен и открыла глаза. "Где мой малыш?"

“Здесь, мэм,” раздался голос.

Они положили ей на грудь её чудесного сына. Она с интересом разглядывала его губы и его глаза, его маленькие пальчики на руках и ногах. Он что-то лепетал.

Она медленно поцеловала его. “Я знаю, о чем ты говоришь. Не бойся. Ты любим. Я слышу тебя. Мне не всё равно.”

Слезы катились по её щекам. Она заснула с улыбкой.

Картина "Огни", художник Александра Лисин

До свидания

Огни качались на ветру. Мягкое послеполуденное солнце садилось, оставляя розовое небо, заполненное редкими птицами. Люди прогуливались туда-сюда по улицам старого города Валлетты.

На балконе одного из старых зданий стоял высокий, красивый, худощавый мужчина. Только седые волосы выдавали его возраст. Он стоял лицом к умирающему солнцу и широко улыбался.

"Какая ночь!" воскликнул он.

"Да," ответил низкий женский голос. "Хотела бы я, чтобы все ночи были такими."

"Если бы они были все одинаковые, было бы скучно," сказал он, насмехаясь над ней и поворачиваясь на одном каблуке.

Ветер играл его светлыми кудрями. Ему не обращал на это внимания. Он все смотрел на свою спутницу. Она сидела в шезлонге, пила мартини и улыбалась. Он изобразил пальцами рамку и притворился, что фотографирует её. Она не двигалась. Она сидела как статуя: прекрасная, волшебная и абсолютно совершенная.

"Пойду, возьму себе выпить," сказал он и вышел с балкона.

Как только он закрыл за собою дверь, женщина быстро сняла свои огромные темные очки и начала вытирать слезы со щек и подбородка. Когда он вернулся, она поспешила встать и подошла к перилам балкона, чтобы спрятать лицо.

"Ну, здесь ты выглядишь ещё лучше," почти пропел он, обнимая ее за плечи. Она быстро надела очки.

Солнце садилось, и где-то внизу, на кривых улочках Валлетты, все еще мерцали огни.

***

Незнакомец поднял голову и увидел над собой разноцветные лампочки. Они были повсюду. Он беспокойно бродил по переулку мимо многочисленных кафе и ресторанов.

Он остановился перед потоком машин, сделал паузу и перешел улицу. Затем он снова встал на месте, словно чего-то ожидая. Полы его коричневого пиджака плясали на ветру. Он застегнул его и вошел в кафе. Через пару секунд он вышел на улицу и выбрал столик с двумя соломенными стульями. На город спускались сумерки, и место выглядело волшебным. Он достал бумажник, открыл его и вытащил фотографию девочки лет пяти – шести. Он поставил фотографию на один из стульев.

"Привет, малыш, как ты сегодня? Как дела в школе?" – спросил он.

"Помнишь, я обещал отвезти тебя на Мальту? Ну, вот мы и пришли. Здесь все так, как тебе нравится: разноцветные огни, соломенные стулья, никаких людей."

Он огляделся. Официанты бегали с полными подносами, посетители приходили и уходили. Он сделал глубокий вдох, смотрел на нее некоторое время и прошептал: "Знаешь, малыш, я больше не могу путешествовать с тобой. Это слишком больно. Это наша последняя поездка. Я знаю, что ты хотела остаться с нами вместе. Прости меня."

Он прикрыл глаза. Слезы беззвучно катились по его щекам. Затем он поднял глаза и уставился в темноту ночи. Он втянул ноздрями густой океанский воздух и снова посмотрел на её фотографию.

"Слушай, ты помнишь свою любимую игрушку? Я отдал его Рози, как ты и просила. И я отдал твое одеяло Джону. Он очень счастлив!" Он больше не мог говорить. Он уронил свою голову на стол.

Сидя так, он все еще чувствовал тупую боль в центре грудины, и она, иногда ослабевая, снова поднималась лавиной и давила на виски. Он чувствовал, что ничто не может вытащить его из липких, вцепившихся лап эмоций этого вечера.

Внезапно он ощутил на своей спине чей-то взгляд. Он медленно поднял голову и увидел на другой стороне улицы высокую красивую женщину с огромными солнечными очками на лице. Он замер.

Она застыла, потом направилась к его столу, подвинула другой соломенный стул и села напротив. Она посмотрела на фотографию, потом на него, и снова на фотографию.

Это длилось вечно. Казалось, целую вечность слезы катились по ее щекам, целую вечность она молчаливо касалась его холодных рук, целую вечность, он чувствовал себя одиноким без нее.

Перестали мигать огни. Люди разошлись по домам. Официанты переворачивали стулья и ставили их на столы. Они хорошо знали, что не стоит беспокоить эту пару. То же самое было и в прошлом году, и в позапрошлом. Они оставили их в покое.

Было так тихо, что можно было услышать как мерно парили птицы.

"Послушай, малыш," начал он. "Я не могу больше этого делать. Я отпускаю тебя."

Женщина подняла глаза, и будто заглянув в самое его существо, схватила фотографию со стула и побежала к набережной. Он последовал за ней.

"Скоро увидимся," прошептала она, поцеловала фотографию и с нежностью отпустила по ветру.

В воздух полетел лист бумаги. Ветер играл с ним, крутя в вихре сознания, а потом забрал его в ночное небо. Он обнял её.

"Спасибо."

Было темно, но они все еще были видны с крыш и балконов Валлетты, стоя там, держась за руки, глядя в ночное небо.

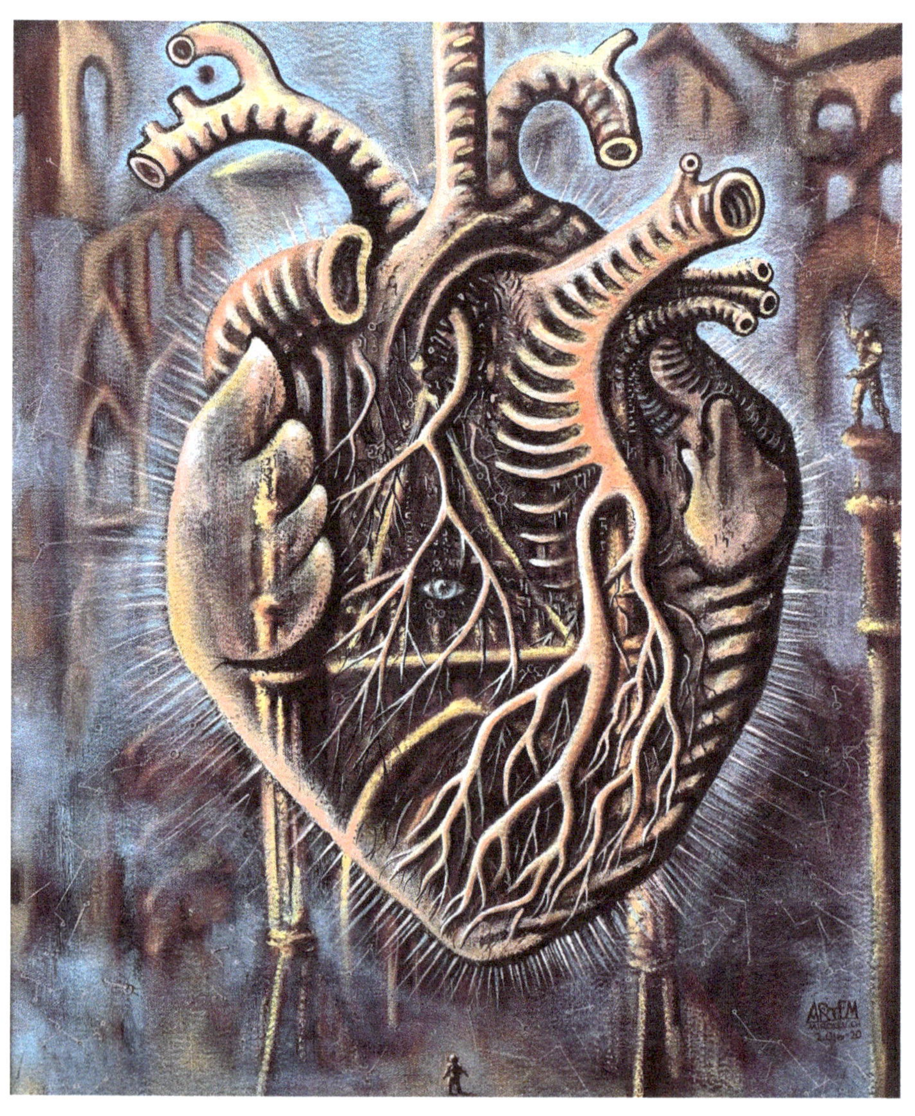

Картина "Сердце", художник Артем Миролевич

Толпа

Полутемный зал был заполнен людьми. Впереди располагалась небольшая деревянная сцена с красными занавесями по обеим сторонам. Зрители переговаривались полушепотом, обсуждали свою жизнь и апплодировали пустой сцене в нетерпении. Маленький мальчик бегал между ногами у столпившихся, пытаясь протиснуться вперед, но все его усилия были напрасны. Толпа стояла стеной.

"Ну пропустите же меня," завопил он, отталкивая людей своими маленькими ручонками и просовывая плечи между большими людьми, будто протискиваясь в щели забора. "Ну же!"

Взрослые смотрели на него сверху и видели только его потрепанную одежду и грязное лицо. Они с отвращением отводили взгляд.

Наконец его старания увенчались успехом. Ему удалось заползти под чью-то юбку и через неё пробраться прямо к большому деревянному столу, стоявшему на сцене. Стол был массивным и очень широким с резными ножками и тяжелой столешницей. На нем лежали только ручка и книга. Мальчик резво вскочил на ноги, потянулся через стол, написал в книге что-то большими буквами, оставил ручку и мигом бросился обратно в толпу. Он спрятался в одном из дальних углов комнаты позади всего действа.

Толпа была неспокойна. Они не хотели больше ждать. Они начали хлопать и выкрикивать имена. Все замолчали, когда наконец на сцену вышла женщина. Она была молода и красива. Её яркое платье идеально сидело на ней, нежно сочетаясь с розовым шейным платком.

"Всем здравствуйте," тихо сказала она.

"Сегодня мы можем взять только семь пар. Другие могут попробовать завтра!"

Она улыбнулась, взяла книгу со стола, и вдруг внезапно нахмурилась, гневно оглядев толпу с недоверием.

"Кто это сделал?" пробормотала она.

Она развернула книгу и показала слушателям большую кривую надпись на чистой странице. Толпа притихла.

"Кто-то думает, что я вру? Замечательно. Я выясню, кто это, и найду этого человека." Она замолчала, а затем медленно улыбнулась и тихо спросила, "Мадам Смит, какой ребенок вам нужен?"

К её столику подошла пожилая, хорошо одетая пара. "Мы хотели бы иметь девочку с голубыми глазами и рыжими волосами, которая будет очень вежлива и послушна," сказала дама.

"Ладно. В обмен я могу забрать душу вашего мужа. Рыжеволосые дети – редкость. Как вам такое предложение?"

"Да, конечно, мадам," ответила миссис Смит, ткнув мужа логтем в бок, чтобы он не возражал.

"Хорошо." Женщина за столом изобразила улыбку еще раз и прокричала в сторону занавесей: "Генри, у нас остались маленькие девочки? Да? Мне нужны голубые глаза и рыжие волосы. Нет? Пожалуйста, сделайте одну."

Она снова повернулась к паре. "Приходите завтра," сказала она. Они поклонились и ушли.

“Следующий.”

“Мальчик? Около 7 лет? Умный и тихий?”

“Вы многого хотите … А как насчет вашей бабушки взамен? Она все равно старая.”

“Конечно!”

“Генри, еще один мальчик…”

Это шоу продолжалось до тех пор, пока солнце не начало садиться. Когда все ушли, женщина осталась одна, тяжело дыша она сидела за столом, подперев голову руками. “Ненавижу этих людей,” пробормотала она. “Бессердечные ублюдки, готовые на всё ради этих чертовых детей.”

Она осеклась и осмотрелась. Она почувствовала, что за ней кто-то наблюдает. Но теней не было – ни на обоях, где кротко отражались редкие огоньки тусклых ламп, ни вокруг старомодной мебели.

Послышался треск.

“Кто там?” крикнула она, семеня по комнате и стуча каблуками по каменному полу. Никого.

“Ты лгунья,” вдруг услышала она детский голос из темноты.

“Кто там?” спросила она, вглядываясь в темные углы огромной, теперь уже пустой комнаты.

Перед ней стоял маленький мальчик, которому на вид было около семи лет. Он был весь чумазый и растрепанный, в порванной старой одежде и в дырявых ботинках.

“Ты всем врешь!” громко сказал он и ткнул в неё указательным пальцем, при этом топнув ногой.

Она замерла. Она могла бы схватить его немедленно, но почему-то не сделала этого.

Эти двое так и стояли в пустой комнате, разглядывая друг друга с интересом. Их тени плясали на каменном полу под песни камина.

"Кто ты?" медленно спросила она.

"Попробуй угадать," сказал он.

Она посмотрела еще раз. Он точно не был роботом или лабораторным эмбрионом. Он был настоящим человеком. Возможно, он был единственным реальным ребенком, оставшимся в мире. Она вздрогнула. "Ты должен был быть мертв."

Он подошел, накрыл её пальцы своими маленькими ручонками и потянул вниз. "Без тебя я точно умру."

Волна боли, такой сильной, что не было больше сил стоять, ударила ей прямо в сердце. Она опустилась на пол, позволив ему притянуть себя вниз. "Больше никогда не говори … этого, никогда!," выдохнула она. "Просто уходи." Стальной тон её голоса резко пронзил воздух пустой комнаты. Мальчик вдруг сел и уставился на неё своими карими глазами.

"Прекрати. Не смотри на меня так," сказала она. "Я для тебя никто. Уходи!"

По щекам мальчика текли слезы, и он с сожалением проговорил, качая головой: "Люди бесполезны. Посмотри, что ты наделала. Ты тоже человек. Ты лгунья."

Он подполз ближе к её коленям, прижался к ним, как напуганный щенок. "Мамочка."

Дрожащими руками она попыталась столкнуть его с полов своего платья. "Ты грязное, уродливое, отвратительное животное. Оставь меня в покое!"

В конце концов она высвободилась от его рук и встала. Её реакция вызвала у ребенка сильное удивление. Он встал и обнял её ноги, бормоча: "Мама, я знаю, ты хорошая. Ты можешь спасти всех этих детей. Ты можешь быть моей. У тебя есть сердце. Пожалуйста, пожалуйста, ну вспомни же меня! Пожалуйста, прими меня! Я прощаю тебя! Ты прекрасна такая, как есть!"

Она оттаяла. Ей показалось, что весь мир встал с ног на голову, и весь дождь в облаках обрушился ей на голову столетним теплым ливнем. Некоторое время они просто стояли посреди комнаты.

* * *

"Мадам, с вами все в порядке?" Она услышала мужской голос за огромной металлической дверью.

"Да," сказала она, взяв себя в руки и пряча мальчика под большой стол. Вошел мужчина.

"Послушай. Скажи Генри, чтобы он не торопился с заказами на сегодня, ладно?"

"Почему?"

"У меня изменились планы."

Мужчина ушел, кивнув в знак согласия.

"И что же мне теперь со всем этим делать? Освободить детей?" Она заглянула под стол.

"Они заслуживают настоящую семью," сказал мальчик, весело улыбаясь.

* * *

На следующее утро, когда толпа клиентов собралась снова, ни стола, ни книги регистрации не было. Вместо этого на сцене стояла немного бледная и неприбранная женщина. Она попросила всех успокоиться и сказала резким голосом: "Внимание! У нас теперь введено новое правило. Теперь дети сами выбирают вас!"

Оглушительная толпа детей ворвалась в зал. Они были всего лишь маленькими людьми – разного возраста и внешности, взбалмошными, серьезными, смешными – но у них у всех в сердце пылала любовь, которую они могли дарить окружающим, не требуя ничего взамен.

"Они настоящие!" закричала она, посмеиваясь над будущими родителями, которые замерли при виде скачущих и смеющихся мальчиков и девочек. "Счастливого пути!" Она бросила последний взгляд на хаос, который творился в зале, взяла своего сына за руку и вышла.

"Так почему же я лгунья?" наконец игриво спросила она, остановившись посреди улицы.

"Потому что ты сама убедила себя, что у тебя нет сердца," улыбнулся он. "А я знаю, что оно у тебя есть!" и он погладил её щеку своими маленькими пальчиками.

ЭББИ

«**В**ыламывайте дверь!» скомандовал кто-то. Высокий полицейский готовился протаранить своим телом обшарпанную старую дверь. Он уже бежал к дверному проему, когда послышался тихий голос, уверенно сказавший: «Подождите». Все остановились.

Начальник полиции подошел к сгрудившимся людям в форме и, нагнувшись, вытащил из-под двери ржавый ключ. "Есть ключ", – сказал он.

Дверь квартиры вскоре открыли. Начальник полиции оставил своих сотрудников снаружи и ступил в длинный темный коридор квартиры. В отдалении он увидел тело старика, лежавшего там, будто гора. Он был нарядно одет в старинную шляпу, теплый пиджак, выглаженные брюки и блестящие туфли. Похоже, он собирался выходить и упал. Он не выжил.

Начальник полиции переступил через тело и вошел в другую комнату. На стенах были вырезанные изображения вулканов, лесов и больших городов – всех чудес света.

В квадратных комнатах звенела тишина. Она становилась ненужной, резкой и болезненной. Он продолжал осматриваться.

Рядом со стариком лежал чемодан странного вида. Он напоминал цирковую будку с наклеенными на нее марками и фотографиями. Он был довольно тяжелым.

Картина "Забота", художник Татьяна Денисова

"Интересно, когда он был сделан", – пробормотал начальник полиции, пытаясь открыть замки. Они имели вид блестящих закругленных железных пряжек, которые открылись одовременно. Щелк, щелк.

Ему всегда было не по себе изучать вещи человека, который совсем недавно был жив. Само действие казалось странным и неуютным.

Как только багаж со скрипом открылся, начальник полиции с удивлением опустился на рядом стоящий стул. Он ожидал увидеть носки, рубашки, туалетные принадлежности – все, что нужно взять с собой в поездку. Вместо этого в сумке было множество мелких предметов, аккуратно сложенных пачками друг на друга: старый значок из национального парка с прикрепленной запиской: "Вот было бы здорово поехать туда однажды!".

— Открытка с видами Амстердама на лицевой стороне и с записью на обратной стороне: "Слушай, тебе действительно ПОРА УЖЕ выбраться и навестить меня!"

— Полная папка вырезок из газет и журналов о лесах Амазонии, полярном круге и других природных явлениях.

— Женский носовой платок, внутри которого была свернутая пополам потрескавшаяся и почти выцветшая фотография красивой девушки, обнимающей молодого парня.

Полицейский вздрогнул всем телом. Слезы катились по его щекам. Солнце уже начинало садиться, а он продолжал осмотр.

Там была часть сломанной игрушки с надписью «Эбби» и письмо, тоже адресованное ей. Он сложил конверт пополам и положил его себе в карман.

В какой-то момент он ничего не мог видеть из-за слез, застилавших его глаза. Он еще раз оглядывал комнату в отчаянии, когда заметил на полу пачку бумаг. Он встал, перешагнул через тело и поднял их.

Это были оплаченные билеты на поезда и самолеты без имен.

"Почему ты так долго ждал?!" прокричал он.

Ветер ворвался в маленькое окошко и снес карточный домик, аккуратно построенный на столе. Карты беспомощно опустились на поверхность стола.

В дверь постучали. "Шеф, вы ведь заканчиваете?"

Он почти подпрыгнул на месте. «Да, только все упакую». Он аккуратно положил все обратно, закрыл двумя щелчками и быстро вышел из квартиры, крепко сжимая старую резную деревянную ручку чемодана.

"Шеф, что там внутри?" – спросил один из офицеров.

"Мертвые мечты", – бросил он тихо и удалился.

На следующий день начальник полиции все еще не находил себе места. Нужно было что-то сделать, чтобы дать старику шанс. В отчаянии он вытащил конверт, который он все еще носил в своем кармане, и набрал номер, написанный на лицевой стороне.

"Эбби?"

"Да?"

"Это начальник полиции. Нам нужно срочно встретиться.»

* * *

К его кофейному столику подбежала девушка лет шестнадцати.

"Что произошло?"

"У меня для вас есть письмо", ответил он. "Вот."

Он вытащил из кармана сложенный конверт и протянул ей. Он с интересом наблюдал, как она читала письмо, перечитывала и плакала, всхлипывала и смотрела в небо.

"Он был моим …"

"… дедушкой. Я знаю. Я соболезную вам», – сказал он, и на его глазах выступили слезы. "Очень жаль, что мы не успели. Это все, что я могу сделать."

Начальник вытащил из-под стола старый чемодан и положил пачку билетов на него сверху. "Они все на завтра," – сказал он ей, с усилием двигая чемодан на её сторону стола. "Ты еще можешь успеть".

Затем он встал и ушел. Он очень спешил. Ему тоже нужно было успеть на свой самолет.

Эбби неподвижно сидела за столом еще пару минут. Затем, рыдая, начала судорожно просматривать содержимое сумки.

Днем позже обычный поезд покинул платформу как всегда вовремя, стремительно унося своих пассажиров куда-то вдаль.

Картина "Секрет", художник Татьяна Денисова

ЗВЕРЬ

"Внимание, пристегнитесь! Мы взлетаем. Пожалуйста, убедитесь, что все сидят по своим местам." Он выглянул из кабины. В салоне частного самолета сидела симпатичная, стройная, модно одетая дама. Она показалась ему спящей, и он решил её не беспокоить.

Самолет поднимался над городом и вскоре взмыл над розоватыми облаками. Солнце садилось. Внутри самолета становилось все темнее, и внешний мир не мог заглянуть в его овальные окна, напоминающие глаза.

Тишина, подумала женщина. Наконец-то покой.

Она медленно, как в тумане, приоткрыла свои глаза. Сначала она не поняла, где находится, но потом узнала кабину самолета. Остальные четыре места в салоне были пусты. Она была одна.

Она сняла туфли на высоких каблуках. О, как она их любила — но временами они причиняли такую боль! Каблуки всегда были признаком её совершенства, а она всегда была идиальна: одежда с иголочки, идеальное поведение, хорошие поступки, безупречный имидж. Даже сейчас, одна в небе, она должна была поддерживать идеальную прическу и осанку.

"Я так устала," прошептала она, потягивая шампанское из изящного хрустального бокала.

Она выглянула в овальное окно. Огромное белое одеяло покрывало Землю, отражая последние солнечные лучи уходящего дня.

Голубой и белый, белый и голубой. Магия, подумала она. Что, если бы существовали только они: голубой и белый? Если бы мы только почаще смотрели в небо.

За последние два дня произошло много событий. Она нашла любовь и потеряла её; она подписала самый большой контракт за всю свою жизнь, взамен отказавшись от своих желаний.

Почему я всегда должна что-то терять, чтобы что-то получить? удивилась она.

Конечно же. Ты в частном самолете. Ты знаменита. Ты ничего не потеряла!

Её любимая мантра повторилась снова. Она уже какое-то время спасала её от сумасшествия. Она почти смирилась и приняла её как свою. Она почти поверила. Почти.

Я многое отдала за это шампанское, подумала она ни с того ни с сего. Я отказалась от моей свободы и личности. Когда-то я была бойцом – и я выигрывала все мои схватки. Она нахмурилась, вспомнив, как многочисленные агенты заставляли её подписывать контракты, какими бы жесткими не были условия.

Я не обязана быть идеальной. Я просто должна позволить себе быть. Она вдруг остановилась, открыла рот, чтобы позвать кого-то, но замерла.

Она услышала как пилоты весело разговаривали в соседней комнате. Она глубоко вздохнула и вытащила из волос красивую заколку. Ее локоны медленно спустились по её красивым плечам. Она рассмеялась. Как же хорошо! Наконец-то! Когда последние лучи солнца коснулись окон, она переоделась в свою удобную одежду и легла на сиденья.

Здесь и сейчас есть только я. Так гораздо лучше, радостно подумала она.

Она уже засыпала, когда её телефон принес сообщение с Земли.

"Завтра. Бразилия, 6 часов вечера," с удивлением прочитала она. "Ну-ну, конечно," громко сказала девушка с телефоном и усмехнулась.

Но теперь она не могла уснуть.

"Серьезно! Бразилия! Неужели?!" наконец воскликнула она.

Она почувствовала легкий толчок, и самолет задрожал. Она села и пристегнулась. Еще один, и её бокал упал, разлетевшись на мелкие кристаллики брызгами солнца.

Затем все вернулось на круги своя. Она была ошеломлена. Легкий стук в дверь вывел ее из коматозного состояния.

"С вами все в порядке, мадам? Мы попали в небольшую воздушную яму. Извините!" сказал пилот.

"Все в порядке…Скажите, до Бразилии далеко?"

"Отсюда?"

"Да," она улыбнулась, и ее зубы сверкнули.

"Что ж, придется проверить. Может быть, часа четыре или около того. А что?" спросил он озадаченно.

Я все еще могу успеть, мысль настойчиво пульсировала в её голове, разрастаясь и извергаясь, как вулкан, по всей её сущности.

"Полетели!"

"Простите?"

"Полетели в Бразилию!"

"А как насчет вашего завтрашнего шоу?"

"Я сказала Бразилия!"

"Хорошо. Возможно, нам придется заправиться."

"Делайте все, что необходимо."

"Да, мадам."

Она почти танцевала, барабаня по столу кончиками пальцев. Бурлящее воздушное чувство настойчиво поднималось меж ее ребер и заполняло пространство грудной клетки, расширяя её с каждой секундой.

"О боже! Да, да, да!»

Четыре часа спустя её самолет приземлился в небольшом частном аэропорту.

Молодой охранник наблюдал, как женщина с растрепанными волосами в футболке и шортах спускается по лестнице. Он был удивлен увидев ее широкую счастливую улыбку. Она почти летела.

"Добро пожаловать," сказал он.

Она ничего не ответила, решительно прошла мимо и исчезла в неизвестном направлении. Казалось, она точно знала куда идти.

"Я беру контроль над моей жизнью. Я встречусь лицом к лицу с моим зверем," пробормотала она. "Такси!"

Она села в маленькую машину и протянула таксисту крошечный клочок скомканной бумаги.

"Поезжайте быстрее!" крикнула она. "Я должна быть там к шести."

Ее трясло. Бурлящее чувство приключений и свободы, смешанное со страстью шампанского, охватило её.

Она глубоко вздохнула. Я должна сохранять спокойствие. И снова маленькие искорки её сердца брызнули на знакомые улицы маленького бразильского городка.

Такси остановилось. Она вышла. Машина уехала. И вот она снова здесь. Одна, свободна, уязвима – она сама.

Она сама – и ее зверь – перед тем же самым зданием. "Пойдем." Она открыла старую деревянную дверь и шагнула в коридор, похожий на подземелье.

Вверх. Поднимись наверх. Она поднялась по лестнице. Выше.

Она открыла щеколду и вышла на крышу. Яркий летний свет резал ей глаза.

Было почти 6. Она посмотрела вниз. Везде одно и то же. Те же крошечные машинки, едущие вникуда, те же крыши с антеннами, та же суета.

“Эй, ты успела,” услышала она голос позади себя и обернулась.

“Да, привет, красавица,” сказала она. “Моей душа истосковалась без тебя. Ты всегда выбираешь самые странные места.”

“Ты же знаешь, я люблю эту крышу больше всего.”

Она ничего не могла сказать. Она просто стояла и смотрела, пытаясь прожить каждую секунду.

Все казалось правильным. Она знала, что эта встреча погубит её. Она знала, как это было опасно. Она знала, что это причинит ей боль. Она знала, что должна была быть в студии и давать интервью. Вместо этого она была здесь, без дальнейших планов на будущее.

Она все это знала, и ей было все равно.

“Я слишком хорошо это знаю,” сказала она, сознательно переживая ту боль снова.

“Сколько у тебя времени?”

“Столько, сколько ты захочешь пробыть со мной здесь.”

“А что, если это вся жизнь?”

Она знала, что это было сродни предложения сунуть голову в пасть льву, но она была готова. Она была готова к риску, спонтанности и смерти.

“Ты справишься?” спросила она, глядя ей прямо в глаза. “Потому что на этот раз я готова.”

И сидели они – она и ее зверь – на крыше под разноцветными брызгами солнечного света в гаснущем небе, в ожидании наступления ночи. За ними приходили другие ночи, чтобы снова принести им еще один день. Они были на своем пути к вечности под этим бело-голубым небом.

Картина "Создатель", художник Анастасия Питанова

Роботы

Болты и трубки, шары и пластины — каждую секунду и каждое мигание они скрипели вместе, создавая все более уродливую симфонию металла звенящего о металл.

Он работал в сером роботизированном отсеке, двигая маленькие предметы по конвейерной ленте. Каждый день был одинаковым. С каждой ночью становилось все более одиноко.

В это особенно пасмурное утро солдаты привозили новых заключенных. Когда одна группа проходила мимо, кто-то коснулся его пальцев и сунул ему клочок бумаги.

Он взглянул вверх, но увидел только серых людей и болты. Он пожал плечами, скомкал записку и засунул её глубоко во внутренний карман комбинезона. Но любопытство сжигало его разум изнутри, заставляя его глаза искриться. Он должен был это спрятать. Только у дураков есть эмоции, подумал он, открывая записку.

«БЕГИ», вот и все, что было сказано в ней.

Он остановился и снова огляделся. Те же болты, та же серость, та же охрана — но постойте — теперь все они несли мачете на бедрах.

Он встал на колени, притворившись что затягивает шнурки, и, приглядевшись, заметил груду окровавленных крыльев, лежащих неподалеку. Серые крылья, белые крылья, большие крылья, маленькие крылья, азиатские крылья, африканские крылья – крылья всех видов и рас были сброшены все вместе.

Прилив острой боли вихрем отозвался над его плечами, когда он прислушался к ударам лезвий и крикам заключенных. Тут же в груду перед ним добавилось ещё несколько пар крыльев.

«Пора идти», прошептал он. «С меня хватит».

В панике он встал и начал двигаться. Доберись до двери, набери специальный код, пройди длинный коридор. Начала мигать красная лампочка, но пока его никто не преследовал. Любой, кто встречался ему в коридоре, думал, что он солдат, который всё ещё был на их стороне. Он продолжал идти по узким коридорам, стараясь не оглядываться.

Наконец, когда стоны за его спиной совсем стихли, он остановился. Теперь его окружал большой старый лес, обнимая его тело солнечным светом и покоем. Он глубоко вздохнул, подождал секунду, будто прислушиваясь, и резким движением сорвал свою военную форму. На его спине распахнулись его огромные белые крылья.

Быть самим собой и ощущать этот воздух, вдыхать аромат леса – вот что было самым ценным.

«Люди без крыльев не могут мечтать, рисковать или летать», – улыбнулся он.

Идя по дороге, он находил много забытых пленников, которые уже даже не просили о помощи. Обрубки их крыльев были покрыты засохшей кровью. Их серые лица напоминали чернобелые фотографии из прошлого. Иногда они даже не двигались, а просто пристально смотрели на него своими пустыми глазами. Но если там оставалась хоть одна искра жизни, он останавливался и помогал им отращивать их крылья снова, возвращал им память.

Прошли недели. Он знал, что его дни сочтены, и хотел прожить их правильно. Он хотел показать пример – отдать себя людям, а не машинам.

* * *

Однажды утром он сел на краю горы. Розовый закат накрыл небо. Под пальцами его ног не было ничего, кроме ветра. Белые клочья облаков уютным одеялом обнимали гору. Из-под молочной дымки виднелся оранжевый мостик. Эта картина завораживала. И он замер.

«Я знаю, что умею летать», твердо сказал он.

«… летать, летать, летать», ответило эхо.

«Я МОГУ ЛЕТАТЬ! », он прокричал громче.

«… могу летать, летать», – ответило эхо.

«Каждый человек – его собственная мечта. Я готов запустить мою!» С этими словами он оттолкнулся от утеса, расправил крылья и нырнул в облака.

* * *

Через два месяца на ту самую гору пришла девочка. У нее за спиной были маленькие белые крылья. Она умела летать с рождения, но никогда не решалась попробовать.

Она нашла потрепанный буклет на камне и села на край, чтобы прочитать его. Солнце садилось, когда она читала слова, написанные мелким почерком, и рыдала о человеке, который умел летать и осмелился прыгнуть.

Картина "Музыка", художник Татьяна Демина.

Музыка

Шли недели, а он всё поднимался вверх и спускался вниз по этим каменным ступеням. Он никак не мог понять наверняка, зачем он это делал. Но все же каждое утро он просыпался и преодолевал эту сотню ступеней на верх колокольни.

Он никогда не увлекался музыкой — да и вообще чем-нибудь творческим, если это что-то и могло значить тогда. Он был просто парнем, просто человеком, который ходил на работу, соблюдал правила и смотрел телевизор, поедая попкорн на диване.

Зачем я до сих пор это делаю? — подумал он, ступая на последнюю ступеньку в тот день.

Там, в вышине, восход солнца был особенно ошеломляющим. Зеленые луга таяли на горизонте, и птицы скользили по воздуху, как сны, мелькающие в наших головах.

Он остановился на мгновение, не в силах пошевелиться. Красота момента наполнила и покорила его.

Я чувствую себя таким живым — настолько частью этого мира, что мне больно.

Он покачал головой, оглядываясь, чтобы за что-то ухватиться руками. В конце концов, он схватился за толстую старую веревку, наклонился вправо и широким замахом наполнил вселенную радостью колоколов. Низкий тон перетекал в более высокий звук, пробуждая струны его души.

Еще один замах и – бам! – в утреннем воздухе раздались низкие ноты, переходящие в высокие. Он схватил еще одну веревку другой рукой и сделал замах поменьше. Звук резонировал с полом, поднимаясь, как солнце. Он летел вместе с птицами через низкие, высокие и средние тона колокольного звона. И каждый раз у него перехватывало дыхание.

Бам!

Последний раунд звона колоколов остановился так быстро, так неожиданно, что он застыл в благоговении, все еще держа веревки. Музыка пульсировала в его венах.

Он ощущал малейшее движение вокруг себя. На мгновение он опустился на пол и сидел так, улыбаясь. Затем он встал и пошел вниз.

Это была старая церковь, полуразрушенная и пустая. Колокольня была единственной частью здания, оставшейся действующей.

"Почему вы это делаете?" – вдруг спросил кто-то.

Он пожал плечами. Внизу всегда кто-то был. В большинстве случаев они не очень-то его жаловали. На этот раз это была девушка.

"Так почему вы будите меня каждое утро?" – спросила она с улыбкой.

Он улыбнулся в ответ. "Я не могу поступать иначе".

"Почему?" она была растеряна.

"Это моя миссия", – тихо сказал он.

"Но это нарушает покой. Вы создаете проблемы. Кто вообще думает о своей миссии в эти дни? Проснитесь!" злилась она. "Я спала! Все просто хотят остаться С-П-Я-Щ-И-М-И. Вы меня слышите?"

Она подошла к нему очень близко и сказала прямо ему в лицо. "Спящими".

Он мог слышать биение её сердца, различать запах ее духов и чувствовать ее волосы на своих щеках. Ее рука коснулась его локтя.

"Послушай. Давай просто уйдем. Забудь об этом. Можешь?" спросила она шепотом. На секунду он был будто в тумане, склоняя к ней свою голову.

В тот момент он услышал резкий "бум" в своей голове с его низкими, высокими и средними звуками.

"Нет." – медленно сказал он. «Прощайте.»

Он повернулся и вышел из церкви. Она осталась стоять в удивлении.

* * * *

В одно и то же время каждый день он поднимался на свои 100 ступенек, чтобы услышать вибрацию колоколов, чтобы задать вечный вопрос "почему", чтобы ощутить величие Вселенной в эти моменты.

Каждый раз внизу он встречал новых людей, которые задавали ему вопросы или просили его прекратить играть. Каждый раз он оставался верным себе. Он продолжал это делать.

* * *

Бам!

Однажды утром он проснулся от громкой музыки. Она щедро лилась через щели его окна. Он открыл глаза и понял, что солнце уже взошло, а он все ещё был в постели. Паника охватила его так быстро, что он не мог дышать.

Я опоздал. Я проспал. Кто сделает, это если не я?

Трясущимися руками он попытался нащупать свою рубашку, но внезапно остановился.

Он слушал, как его колокола играют на рассвете. Это была новая мелодия. Низкие звуки колокольного звона перетекали во всплески звуков средних колоколов, заканчиваясь звуками высоких тонов, образуя магический ритм.

"Бам!" повторилось вдалеке.

Он улыбнулся, сел на пол и заплакал. Он был абсолютно счастлив. Затем, поспешно выбрался из дома и побежал в старую церковь. Он успел как раз вовремя чтобы окунуться в божественную тишину, которая наступает после того, как колокола отзвонили.

Он остановился у старинной деревянной двери. Сияя в лучах света, оттуда, из темноты, выходила та самая девушка.

"Почему?" – хрипло спросил он, глядя на её растрепанные волосы и простое платье, развевающееся на ветру.

"Ты ведь сам знаешь, да?"

Он кивнул. "Увидимся там завтра?" спросил он.

"Да", быстро пробормотала она, уходя в новый день.

* * *

Было что-то цепляющее и невыносимо интригующее в этих двух людях с их странной страстью. С тех пор, как музыка продолжала играть каждое утро, люди стекались в старую церковь, добавляя свои собственные мелодии к утреннему свету. Никто уже не спрашивал почему. Они знали ответ.

Художник

Она погрузилась в свои мысли.

Он – весь мир. Он будто сияет. Мне так повезло, что я здесь и вижу его чистый свет. Он прекрасен.

"Эй, ты вообще слушаешь?" Он остановился и посмотрел на неё.

"Я наслаждаюсь тобой," сказала она, медленно касаясь его груди мизинцем. "Я смиренно наблюдаю, как рождается звезда."

Он прижал её к стене и нежно поцеловал. Она растаяла. Ее колени дрожали, его сильные руки обнимали её бедра, она чувствовала себя бесконечно живой. Охваченная волной страсти, она заставила себя открыть глаза. Она хотела увидеть его вблизи. Она хотела запомнить этот момент.

Подушки, стоны, поцелуи и объятья, и вот они лежали еле дыша на смятых простынях. Его глаза глубокие, как колодцы, манили вдаль. Она изучала черты его лица, пытаясь понять, как вообще такое могло случиться.

Как он мог быть таким родным и в то же время таким чужим?

"Так, надо сосредоточиться," сказал раздраженный голос в её голове. "Ты помнишь, что должна сделать? Давай уже! У тебя нет выбора!"

Картина "Манхеттен", художник Ольга Софиева

Она закрыла глаза и покачала головой. “Что такое?” – спросил он, нежно целуя её в шею.

“Ничего,” пробормотала она, приложив указательный палец к его губам. “Ш-ш-ш. Подожди секунду. Не двигайся. Позволь мне насладиться этим моментом.”

Он замер, подперев голову рукой и всё ещё лежа на боку на кровати. Она сидела рядом, изучая его.

“Ладно. Ты закончила. Пора!” повторил голос в её голове.

“Хорошо,” сказала она.

“Что такое?” спросил мужчина.

“Мне нужно идти.”

“Но ты не сказала мне, нравится ли тебе моя скульптура,” сказал он, улыбаясь.

“Я знаю,” она пожала плечами. “Хорошо, что ты попробовал, но тебе не стоит заниматься этим ремеслом. К сожалению, я не вижу там никакого таланта. Никогда больше не пытайся заниматься скульптурой. Это не для тебя.” Она услышала, как её голос изменился.

Он сел: сутулые плечи, поникшая голова, пальцы вцепились в волосы, тело раскачивалось из стороны в сторону.

“Ты серьезно? Это же шедевр!” закричал он, указывая на маленькую глиняную скульптуру, стоявшую в углу.

Она тяжело вздохнула: “Да.” Она отвернулась, пытаясь скрыть слезы, которые ручьями текли по её щекам.

“Мне нужно идти, дорогой.” Она выбежала из дома. Он остался стоять в своей спальне, глупо уставившись в стену.

* * *

“Отлично сработано, оператор,” услышала она в ухе, отъезжая от его дома. “Следующая цель: еще один гений. Сегодня тебе везет!”

Она вынула чип из руки и резко повернула машину на дорогу к океану. Чипы плохо работали около воды. У океана она всегда могла ясно мыслить.

"Мне пора на пенсию», – подумала она. Я слишком сближаюсь с ними, слишком привязываюсь. Интересно, кем он мог бы стать, если бы только… Она прервала свои собственные мысли.

"Нет, нет, нет," прошептала она, набирая номер на своем телефоне: 5-0-8-3-4. Мир вокруг неё остановился на мгновение и потом продолжил своё движение.

"Помогу, но если только тебе нужно что-то экраординарное!" Медленный, отчетливый голос заставил её подпрыгнуть.

"Мартин, это ты? Быстро ты среагировал."

"Я же профессионал, Мира. Так что же тебе нужно? Вероятно, что-то особенное, учитывая обстановку.» Он помолчал и кивнул в сторону океана.

"Ты можешь проверить, кем бы стал мой последний клиент, если бы я не…" Она замолчала и пристально посмотрела на него. "Ну ты знаешь о чем я."

"Да, но ты же знаешь, что уже слишком поздно. Мы его уже обнулили."

"Я знаю"

"Хорошо." Он начал листать ладонями невидимые страницы, смотреть вверх и вниз прямо перед собой, словно на прозрачные компьютерные экраны. "Так, так, так. Он стал бы важным человеком. Его художественные скульптуры могли бы остановить пару смертоносных войн и вдохновить тысячи людей на созидание во имя всеобщего мира и любви. Другого такого художника, как он, не будет еще по крайней мере 1000 лет. Какая досада!» усмехнулся он.

Она побледнела.

"Но послушай меня, Мира. Он сам отказался от своего таланта," сказал он, спокойно попивая кофе из бумажного стаканчика.

"Ну да, конечно," она попыталась взять себя в руки. "Спасибо, Мартин."

"Пожалуйста. Я тебя сегодня не видел." Он исчез быстрее, чем появился.

Она взяла его кофе и вздохнула.

* * *

Следующая ночь прошла будто в бреду. Некоторое время её тело лежало в одиночестве посреди кровати. Затем она резко села и выпрямилась, проговорив самой себе: "Его звали Пакстон Хиггинс. Точно!"

Она встала и перебрала все свои рабочие папки. Она всегда сохраняла все копии поручений и документов своих подопечных. Она открыла папку с его делом. "Пакстон Хиггинс. Родился в Орегоне. Возраст 35 лет. Любит искусство. Необходимо устранить."

Некоторое время она просто сидела с папкой в руках, глядя на полную луну через открытое окно.

* * *

Неделю спустя красный Порше припарковался на обшарпанной стоянке детского садика в Орегоне. Из машины вышла стройная женщина и направилась к зданию.

"Вы мисс Мира?" спросила пожилая дама в приемной. Она кивнула.

"Входите. Нам нужен учитель в одной из наших комнат. У вас отличные рекомендации. Вы можете начать сегодня?"

"Да," вежливо ответила Мира.

"Давайте я покажу вам класс." Директор жестом указала на вход.

"Спасибо," улыбнулась Мира, следуя за пожилой леди, в напряжении сжимая свою сумочку пальцами рук.

В комнате было уютно. Дети бегали вокруг, играя в догонялки. «У нас тут целая команда,» с улыбкой кивнула директор садика в сторону детей.

"Дети, внимание, это ваша новая учительница, мисс Мира," весело сказала дама, подталкивая Миру к детям. "Давайте знакомиться, расскажите Мире как вас зовут."

Детсадовцы, хихикая, называли свои имена. Мира затаила дыхание, пока маленький мальчик не сказал весело "Пакстон", пронзая тишину своим голосом. Только тогда она снова позволила себе дышать.

"Привет, Пакстон," сказала она на выдохе, пристально глядя ему в глаза. "Что ты больше всего любишь делать?"

"Что-то мастерить или создавать," застенчиво сказал он.

"Что например?" она улыбнулась, стараясь не подпрыгнуть.

"Разные фигуры," гордо сказал он, с любопытством смотря на неё. "Я художник," таинственно прошептал он ей на ухо.

"Я знаю, Пакстон. Ты самый настоящий художник. Не позволяй никому тебя переубедить, договорились?"

"Хорошо," кивнул он.

Мальчик ушел играть со своими друзьями в игрушки. Мира сидела на полу, улыбаясь, как ребенок.

* * *

Океан. Кофе. Люди на пляже. Она посмотрела на часы, поднялась, села в машину и поехала обратно в тот дом. Дверь, как обычно, была открыта. Она вошла, но дома, похоже, никого не было. Она на цыпочках пробралась в спальню. Никого. Тишина. Пустые столы… Кровать была аккуратно застелена. Дрожь заполнила все её тело, когда она увидела на кровати красочный буклет и прочла:

"Пакстон Хиггинс

Всемирно известный скульптор.

Выставка"

Её глаза наполнились слезами. Она развернулась и быстро вышла.

* * *

Группы улыбающихся людей пили шампанское и болтали — она шла по галерее, чувствуя себя как дома в своем эффектном красном платье.

Внезапно она увидела одну скульптуру под стеклянной витриной, которая была такой маленькой, что ей пришлось подойти ближе, чтобы разглядеть детали. Она наклонилась вперед и прочитала её название: «Я-ху-дож-ник.» Она медленно произносила буквы, чувствуя, как пол уходит у нее из-под ног.

Она почувствовала дыхание на своей шее и руку, коснувшуюся её бедер сзади. Мужской голос сказал: "Я знаю, что ты самый настоящий художник. Не позволяй никому тебя переубедить."

Картина "Молитва", художник Татьяна Денисова

Пламя

Где-то в пустыне по одинокой дороге ехал грузовик. На многие мили вокруг не было ничего, кроме ветра и палящего солнца. Водитель находился в дороге уже пять часов, устало вглядываясь вдаль через пыльное лобовое стекло.

Внезапно он нажал на тормоз, и грузовик затормозил стертыми шинами по мелкому гравию. Он вышел.

Он стоял там, оглядываясь по сторонам и вдыхая накатывающие волны зноя. Он чиркнул спичкой и тихо смотрел, как она прогорала, а потом бросил её на землю, пнув пару мелких камешков.

"Ну что ж. Я на месте," сказал он себе и начал разгружать свой грузовик. У него было все необходимое для выживания: палатка, дрова, консервы, вода, фонарик и батарейки, спальный мешок и кое-какие инструменты. Он свалил всё на потрескавшуюся землю и начал медленно разбивать палатку. Ночь укрывала его своим пологом. Он слышал стрекотание сверчков. Его окружала бездна пустоты.

"Только я и вселенная," прошептал он. "Я готов."

Он сидел неподвижно, глядя на мерцающие угольки костра и отражающиеся в них звезды.

Я знаю, что ты здесь, на этой планете. Я знаю, что ты вдыхаешь тот же воздух. Мы – одно целое. Просто приходи.

Он посылал это сообщение звездам снова и снова, медленно дыша. Время изменило свой темп, качая его в реке жизни. Проходили дни. Ночи были одинаковыми.

Я все еще здесь. Мы – одно целое. Мы принадлежим друг другу. Не торопись. Я готов.

* * *

"Ты опять опоздала?" спросил Мартин.

"Да, но, пожалуйста, поймите, я проспала. В последнее время мне снятся странные сны. Я очень давно не высыпаюсь." Невнятно говорила молодая женщина, стоявшая перед высоким, точеным мужчиной, и пыталась хоть как-то себя оправдать своим бормотанием.

"Мы только что потеряли еще одного клиента, потому что кто-то очень любит спать," продолжил он, приподняв левую бровь.

Его слова показались ей невероятно забавными, и она невольно улыбнулась.

"Ну и что тут смешного? Неужели ты думаешь, что можешь делать что угодно только потому, что твоя тетя владеет магазином? Нет, нет. Я больше так не могу работать. Вы уволены, леди." Он повернулся к ней спиной и закрыл дверь.

"Хорошо," сказала она шокированно, все еще стоя рядом с магазином, пытаясь осмыслить его слова. Вдруг громкий телефонный звонок вывел её из оцепенения.

"Да, да. Нет, но я заплачу. А можно это сделать в следующем месяце? Пожалуйста. Я обещаю. Мне некуда идти."

Она положила телефон и опустилась на ближайшую скамейку. Сначала она потеряла работу, теперь еще и комнату, которую она снимала в городе.

Темнело. Она тихо сидела, вдыхая горячий воздух летнего вечера. Мимо проходила пожилая женщина, выгуливавшая крохотную собачку, которая прицепилась к туфлям девушки. Дама попыталась оттащить собаку, но та упорно жевала разноцветные шнурки. Девушка улыбнулась и подняла глаза, полные слез.

"Что случилось?" спросила пожилая женщина.

"Сегодня я потеряла все," прошептала девушка.

"Такого не бывает," с улыбкой сказала дама, садясь рядом с ней на скамейку. "То, что ты считаешь потерянным, никогда не было твоим с самого начала. Давай вместо этого отпразднуем твою свободу!" Она смотрела на девушку молодыми, живыми, голубыми глазами, которые искрились радостью.

"Как вы можете так говорить? Я потеряла работу и дом. Вы просто не понимаете. И ваша глупая собака…» Она замолчала, шаркая кроссовками, чтобы освободить шнурки от щенка.

Пожилая женщина не шевельнулась. Некоторое время она сидела, глядя в сторону. Затем она повернула голову, посмотрела прямо в глаза девушке и медленно произнесла: "Я знаю, что ты сейчас здесь. Я знаю, что ты дышишь тем же воздухом. Просто приходи."

"Что вы имеете в виду? Извините." Она встала, пытаясь уйти.

Женщина схватила ее за руку и прошептала: "Ты свободна теперь. Просто иди."

"Мне действительно нужно идти," сказала она, быстро удаляясь от странного человека, которого встретила.

Она набрала номер. "Мама, у меня неприятности. Я скучаю по тебе. Можно я вернусь домой?" сказала она, почти всхлипывая, с беспокойством ожидая ответа. "Спасибо! Я поеду на машине прямо к тебе сегодня вечером."

* * *

Редкие машины проезжали мимо него. Кусты вокруг подросли. Он заставил себя выйти на прогулку. Время замедлялось с каждым шагом. Его ботинки шлепали по потрескавшейся почве пустыни. У этой планеты были странные поверхности.

Абсолютное, божественное небытие. Абсолютно твоё, и ты — абсолютно моя. Просто дыши.

Он повторял это про себя с каждым шагом снова и снова, время от времени закрывая глаза.

Было безумно жарко. Он вытащил бутылку воды и медленно начал выливать её себе на голову. Вода накрыла всё его существо и весь страх, который он испытывал.

*** * ***

С закрытыми глазами, в мокрой одежде с которой капала вода, она стояла на крыльце маминого дома. Дождь начался и закончился так неожиданно, что ей оставалось только улыбаться.

"Привет, мамочка," сказала она женщине, открывшей дверь.

"Привет, детка. Ты прыгнула в бассейн по дороге ко мне?" спросила она с теплой, обнимающей улыбкой. "Входи, быстрее."

В доме пахло ванилью. Она вдохнула этот неповторимый запах детства, с удивлением вспоминая, как тогда она всегда была веселой и счастливой.

"Мама, я так устала," наконец сказала она. "Пожалуйста, отведи меня домой."

"Ты уже дома," сказала мама. "Иди спать. Твоя комната все ещё здесь."

Девушка встала и пошла в свою комнату. Все было именно так, как она оставила, когда решила сбежать в большой город. Жизнь замерла в этом маленьком мире. Здесь всё было намного легче.

Она принялась рыться в своих старых тетрадях, наткнулась на свой дневник, схватила его и забралась в постель.

"Ничего, кроме детских мыслей," заключила она, закрыла тетрадь и уже отложила её, когда из обложки выпал пожелтевший лист бумаги. Это была старая карта. На обороте было неуклюже написано черной ручкой: "Никогда не сдавайся. Познавай жизнь. Просто приходи."

Она отложила её в сторону и заснула.

***

Утро было удивительно прекрасным. Капельки воды сверкали на редких листьях, солнце выглядывало из-за горизонта, пауки сонно качались в своих паутинах, и жизнь, казалось, текла мерно.

Сегодня. Это произойдет сегодня. Мы так сильно связаны, что светимся изнутри. Просто доверься мне.

***

Она проснулась от звука слов. Она знала, что должна идти. Она не знала почему. Она неподвижно лежала в постели, пытаясь вспомнить свой сон. Она медленно пошевелила пальцами ног, чтобы убедиться, что тело, которое она чувствовала, было настоящим и её.

Через несколько минут с картой в руке и рюкзаком на плече она сбежала вниз по лестнице и, поцеловав удивленную маму на кухне, запрыгнула в мамину машину.

Она ехала по песчаной дороге с открытыми окнами, вдыхая грязный воздух.

"Я свободна!" закричала она, внезапно почувствовав, как волна удовольствия брызнула в её щеки. "Какая потрясающая пустота!"

Она ехала по одинокой дороге где-то в пустыне, наблюдая за птицами, парящими высоко в небе. Казалось, этой равнине не было конца.

Внезапно машина замедлила ход, и мигнула лампочка газа. Двигатель замолчал. Она открыла дверь и ступила на шумный гравий.

"Добро пожаловать домой," вдруг произнес чей-то голос.

Она обернулась и среди волн горячего воздуха и пыли увидела идущую к ней мужскую фигуру.

Привет, подумала она, улыбаясь. Почему я?

"Мы единое целое." Она услышала его голос рядом со своим ухом и посмотрела прямо на него.

Он обнял её, нежно гладя её плечи. Они вместе дышали снова и снова, и абсолютное, божественное небытие разливалось по их телам летним дождем.

Ностальгия

Солнце было ещё высоко, и он продолжал свою работу в поле. Сильные мышцы спины его напрягались и расслаблялись, когда он толкал свой плуг по земле, переворачивая землю и открывая темную правду бытия.

Он был мастером своего дела, но оно не приносило ему удовлетворения. Он просто монотонно делал это всю свою жизнь. Его дни были спокойны и предсказуемы. Он слишком хорошо их знал. Жизнь имела горький привкус удовлетворения от ощущения полезности, ничего более. Ни один из дней не был похож на предыдущий, но ни один из них не принес ничего нового.

В то утро, как всегда работая в поле, он увидел на земле огромную тень. Он оторвал взгляд от деревянной рукоятки плуга. Вдалеке виднелся грибовидный столб дыма. Казалось, взорвалась водородная бомба, но ничего не было слышно.

В воздухе повисла звенящая тишина. Он остановился, бросил плуг и решительно ушел с поля по тропинке.

***

Стемнело, а он все шёл по мощеной дороге. Мимо проезжали машины. Ему было все равно. Он остановился, сел на землю и улыб-

Картина "Ностальгия", художник Джонатан Рамирез.

нулся. Это была детская, забавная улыбка. Мышцы лица странным образом не слушались его, будто разучившись улыбаться.

Он заснул в кустах на обочине дороги. Его сны были яркими:

Маленький мальчик случайно находит красный кристалл, играя в пещере в лесу. Он бежит на местный рынок, чтобы продать его.

Девушка сидит на каменном полу в полутемной холодной комнате. Большая запертая железная дверь удерживает её внутри.

Кузнец делает ключ с ручкой, украшенной рубинами. Только мальчик может открыть дверь, для которой предназначен этот ключ, говорит кузнец. Мальчик носит ключ на шее.

Он проснулся от внезапного шума, но вокруг никого не было. Он встал, посмотрел на горизонт и снова зашагал.

Радость ходьбы с ясной целью двигала его вперед, как прохладный ветер двигает парусник. Куда бы он ни пошел, он находил кров и пищу. Люди любили слушать его рассказы. Они хотели, чтобы он остался подольше, но он просто не мог. У него была миссия, которую он должен был выполнить. Ведь он мечтал об этом много лет.

“Я должен идти,” говорил он. “Пора открыть ту самую дверь!”

Пару недель спустя он всё же добрался до маленького шахтерского городка высоко в горах. Крохотные домики на холмах выглядели как спичечные коробки, брошенные с неба и беспорядочно разбросанные вокруг.

Он помедлил, прежде чем шагнуть вперед. Облако дыма все ещё висело над городом.

“Я смог, я добрался”, улыбнулся он про себя, сжимая маленький ключик, висящий на шее. В сумерках он замстил силуэты других людей, тоже идущих к городу.

“Почему они идут пешком?” спросил он сам себя.

“Кто ты?” Резкий хриплый голос прервал цепочку его мыслей.

“Я…” пробормотал он, глядя на седого старика, сидящего на обочине.

“Кто ты? Почему ты здесь?” настаивал незнакомец.

Его захлестнула волна неуверенности в себе, и он почувствовал, что не в силах пошевелиться. Затем что-то древнее и сильное внутри него родило новый голос. Он спокойно сказал: “Я тот, кем был рожден быть. Я здесь, чтобы открыть вам двери.”

Он стоял высокий и уверенный, как воин. Он нашел свое настоящее «я». Больше не было нужды прятаться.

Старик указал на старый дом на дороге. Мужчина кивнул.

✳ ✳ ✳

Он открыл дверь. Пространство дома освещалось одной полусгоревшей старинной свечой. Он не помещался в дверной проем, так что ему пришлось наклонить голову и протиснуться боком.

“Ничего не изменилось,” с беспокойством заметил он. Странно было возвращаться туда, где он никогда не был. Каким-то образом он знал каждый уголок той маленькой комнаты: камин, украшенный глиняными лилиями из трехлистника, массивный деревянный стол с двумя скамьями, темный угол, где хранились дрова.

“Это был мой дом,” прошептал он, опускаясь на скамью. “Именно здесь я должен был проводить все свои эксперименты. Вот где мой разум мог бы взорваться от радости. Вместо этого…” Он запустил пальцы в свои светлые длинные волосы, пытаясь ухватить каждый локон. Он чувствовал себя так, словно кто-то внезапно вправил вывихнутый сустав – больно, но очень правильно.

Он позволил волосам свободно упасть на лоб.

“Я так скучал по этому,” сказал он наконец. “Я вспахал столько полей безо всякой цели. Что если мальчик из моих снов действительно существует? Что если тот человек, который сделал ключ, был прав?” Он помолчал.

Он снял ключ с шеи и огляделся. В комнате совсем не было дверей. Он вспомнил свой сон: "Когда беззвучно взорвется небо, придет пора действовать. Иди и открой дверь."

"Пора открыть дверь," повторил он.

Его взгляд упал на маленький сундук, покрытый красными камнями, стоявший в темном углу. Он бросился к нему, как будто заранее знал, что там внутри.

Замок щелкнул при повороте ключа. Внутри стояли запыленные стеклянные мензурки, маленькие бутылочки разных размеров. Там была и записка, написанная на старой пожелтевшей бумаге. Он взял её и поднес к свече.

Слова были написаны его почерком: "Следуй за своими мечтами. Не позволяй никому остановить себя. Ты открыл свою дверь. Ты действительно жив. Добро пожаловать домой."

Внезапно непреодолимая и непонятная ностальгия, которую он испытывал все эти годы, прекратила его мучать. Все встало на свои места.

Он бросил химикаты в мензурки. Возникла одна вспышка розового света, а затем и более крупные световые вспышки музыкальным узором осветили ночное небо.

На другом конце планеты обычные люди увидели этот взрыв. В одно мгновение, точно так же как и он когда-то, они побросали свои привычные «плуги».

Однажды утром и молодая женщина увидела вспышку, с нетерпением схватила свой рюкзак, нанизала ключ на шелковую нить, повесила его на шею и исчезла в ночи. Больше её никто не видел.

***

Однажды вечером он услышал, как щелкнул дверной замок. В дом вошла светловолосая женщина.

"Ты дошла," сказал он с облегчением.

“Я увидела твой свет,” улыбнулась она. “Мне так его нехватало. Я тосковала по чувству этого света во мне. Теперь я могу дышать!”

Она медленно опустилась на скамью и посмотрела на него снизу, пытаясь что-то сказать. Он встал.

“У нас много дел,” сказал он и обнял её так, словно все эти годы мечтал только об этом моменте. Она прижалась лбом к его груди и заплакала, кивая головой в знак согласия.

МИР ПЕРЕВЕРНУЛСЯ

Бас-гитара, барабаны, сцена – маленькая дымная комната, заполненная крохотными круглыми столиками.

"Люди снова приходят", – подумал он, сидя за одним из столиков в темном углу. "Ну что ж, посмотрим, кто сегодня без компании". Он был привлекательным, высоким, стройным мужчиной лет тридцати. Его стиль в одежде всегда был очень заметен. Сегодня на нем был гладкий щегольский черный полосатый жилет, узкие черные брюки, желтые носки, черные мокасины и черная фетровая шляпа.

Каждый вечер он готовился к свиданию с очередной девушкой. И, честно говоря, некоторые из этих "красоток" ему до смерти надоели. Поверхностные или даже пустые внутри, они были просто легкой добычей для плотских утех. Однако этот вечер обещал быть интересным! На это шоу пришло множество миловидных, невинных женщин. Он мог получить их всех – по одной или всех вместе. Он усмехнулся, наблюдая, как они садятся на свои места, придерживая короткие юбки, которыми ничего нельзя было прикрыть, даже при самом большом желании.

Его наручные часы показывали 11:11. Пора начинать. Он медленно затушил очередную сигару в пепельнице и поплелся на сцену.

Картина "Мир перевернулся", художник Анастасия Питанова.

"Мне кажется, или что-то изменилось?" – спросил он себя, поднимаясь по лестнице на сцену. Воздух был каким-то другим. В зале раздались бурные аплодисменты, когда он сел и начал играть на гитаре. Все женщины пристально смотрели на него, пока он пел.

Это был обычный концерт в субботу вечером в ночном клубе, до тех пор, пока он вдруг не перестал петь песню, оборвав её на середине. Он взглянул на девушку, которая только что вошла в зал и пыталась найти место, и уже не мог оторвать от неё глаз. Звенящая тишина пронзила его сердце и промелькнула в его глазах.

В следующее мгновение он уже сидел перед ней, не в силах произнести ни единого слова. Публика незаметно ушла. Они были только вдвоём под светом прожектора.

"Я…" – наконец сказал он.

"Я знаю", – прошептала она.

"Но…"

"Здесь не о чем говорить. Просто будь со мной здесь и сейчас", – сказала она, глядя прямо в его голубые глаза.

"Кто ты?" – спросил он, потирая лоб.

"Я просто женщина, которая вошла в твою жизнь". Казалось, что вся эта ситуация просто забавляла её.

"Это слишком … слишком", сказал он и встал. "Я певец, свободный человек. Что же это такое? Почему мне кажется, что моя жизнь в один миг изменилась навсегда? Ты должна уйти … Я даже не знаю твоего имени. Мне нужно бежать!"

Она улыбнулась ему влед. Он выбежал на улицу и пошел по пустым ночным улицам. Он чувствовал ссебя растерянным. Беспокойство охватило все его существо.

"Что, черт возьми, я делаю?!" трясясь всем телом спросил он себя и бросился обратно к бару. Он почти врезался в уже запертую дверь. Он сел на тротуар и заплакал.

Как мне теперь найти её?!

***

Проходили дни и недели, а он проводил свои концерты в том же баре, надеясь, что она придет. Каждую ночь новая девушка развлекала его, а затем исчезала из его жизни, растворяясь как дым очередной сигары в воздухе. Бармен снова и снова слушал его рассказ о загадочной девушке, которая пропала навсегда.

Шли годы. Ничего не происходило. Он перестал ходить в тот бар. Ее лицо каждое утро стояло в его глазах. Однажды во время ранней утренней прогулки он заметил фигуру, стоящую в парке и замер. "Возможно ли это…?" Он покраснел и в отчаянии топнул ногой по гравию.

Дама в элегантном длинном белом платье медленно повернула голову и посмотрела прямо на него, окутав его ароматом своего тела. Парк вдруг опустел за секунду, как будто кто-то взял ластик и стер все вокруг. Единственным звуком был хруст гравия под её ногами, пока она шла к нему.

"Какая красота", подумал он, стоя неподвижно, а она прошла мимо и исчезла в воротах парка.

"Иди же за ней. Это она!" кричал его разум, но его тело стояло неподвижно.

"Иди!" Он сделал еще одну попытку и пробежал пару футов. Измученный, он вышел из парка. Через пару кварталов он снова увидел её. "Я схожу с ума?" – он спросил себя и побежал за ней.

"Здравствуйте, мэм. Вы…" – он потерял свой голос, когда она посмотрела на него своими глубокими голубыми глазами.

"Кто?" – спросила она, улыбаясь с любопытством.

"Женщина, которую я знал очень давно", – выдохнул он. Это был тот же взгляд, тот же голос, она как будто совсем не изменилось.

"Меня?" засмеялась она.

"Да", – кивнул он. "Ты помнишь меня? Бар на 5-ой и Брайтоне?"

"Простите, сэр. Я не помню". Она быстро начала уходить.

Как это может быть? На что я потратил все эти годы?!

"11:11" – показывали его наручные часы. "Как же её зовут?" – прошептал он и бросился догонять её. Он увидел её стройную фигуру в толпе, затем она исчезла. Люди вокруг закричали. Он ринулся к ней.

Когда он подошел к ней, она лежала на теплом асфальте, смотря в небо, и что-то прижимала к груди. "Что случилось?!" – закричал он, упав на землю и положив её голову себе на колени. Она задыхалась. Он увидел каплю крови на её ладони. Её сумочка исчезла.

"Вызовите полицию, кто-нибудь!" – завопил он, не в силах пошевелиться. Она лежала в его руках, улыбаясь. "Я нашла тебя. И теперь я готова", пробормотала она со счастливой улыбкой. "Просто побудь со мной здесь и сейчас. Отпусти меня".

Он сделал, как она просила. Когда приехали парамедики, было уже поздно.

* * *

На следующий день он пошел в тот парк. Он сложил белые лилии в форме её тела на зеленой лужайке и лег рядом.

"О Боги, пожалуйста, возьмите меня вместе с ней. Возьмите меня сейчас", – умолял он небо, рыдая навзрыд. "Пожалуйста, возьмите меня сейчас. Ее глаза как два глубоких озера, куда хочется бесконечно погружаться. Овал ее лица прекрасен как Млечный Путь. Её губы – вся Вселенная. Пожалуйста, позвольте мне соединиться с ней".

Солнце садилось, а он был также жив и безутешен. На последних лучах солнца маленький мальчик пробежал мимо, снова и снова повторяя: "Не сейчас".

Мужчина встал и ухватил ребенка за руку:"Что ты имеешь в виду?"

Мальчик улыбнулся и произнес: "Некоторые люди здесь доходят до конца. Другим остается только перевернуться вверх ногами, чтобы наверстать упущенное!" Он убежал.

"Как её звали?" – крикнул он вслед мальчику.

"Зеркало", – произнес он с ухмылкой.

* * *

"Ты должен найти самое высокое дерево. Ты слышишь меня? Лучшее дерево и веревку".

"Хорошо, сэр".

"Хорошо. Мы поедем завтра".

"Хорошо".

У него был план. Он должен был сработать, иначе … В жизни не было смысла, но и смерть не привела бы его к ней. Был только один путь. На следующее утро он направился к большому горному хребту. Огромный лес нежно накрывал горные холмы, как цветное домашнее одеяло.

"Теперь можешь идти", – радостно сказал он своему проводнику, увидев нужное дерево.

"Сэр, вы уверены?" – спросил молодой человек.

"Да".

После того, как гид ушел, он взял веревку и взобрался на одну из веток дерева. Вид был потрясающим.

"Ну, давай же. Ты так много раз тренировался. Пришло время делать!" Он громко говорил вслух сам с собой, связывая свои ноги вместе и поправляя другой конец веревки на ветке. А потом он просто прыгнул.

Резкий рывок чуть не вырвал ему позвоночник. Весь мир перевернулся. Сначала он почувствовал гнев, стыд и отчаяние за свою банальность. Все болело. Он попытался подняться наверх, но неудачно.

"Просто замечательно!" – пробормотал он.

Прошло два часа как он висел на ветке дерева в лесной глуши. Он почти сдался. Его взгляд скользнул по сбивающему с толку пейзажу, который в то же время казался таким знакомым. Он чувствовал, как его волосы свисают, хаотично двигаясь от каждого дуновения ветра. Вес его рук тянул его лопатки вниз, еще сильнее удлиняя позвоночник.

"Почему же это все кажется таким правильным, будучи совсем неприемлемым?" – подумал он внезапно.

Маленькие насекомые ползали по разноцветным листьям на лесной подстилке, а солнечные лучи играли каплями росы на ярко-зеленой траве. Он вспомнил себя ребенком, и как он видел мир точно таким же. Кровь прилила к его голове.

"Полная капитуляция и мир", – мягко прошептал он. "Больше никаких голосов в моей голове, никаких осуждений и бесполезных действий. Просто тишина и чувства". Все его тело наполнилось теплом. Он улыбнулся и, казалось, закрыл глаза на секунду, но то мгновение длилось вечность. Когда он снова открыл их, то заметил вдалеке фигуру в белом летнем платье. У нее была легкая походка и темно-синие глаза – все было перевернуто. Она подошла ближе, наклонившись вперед, так, что её светлые волосы защекотали его нос. Она слегка поцеловала его.

"Возьми меня", – сказал он. "Я готов".

Она прижала указательный палец к его губам, медленно и внимательно изучая его лицо, улыбнулась своей волшебной улыбкой и крепко обняла его. Он обнял её в ответ.

Они остановились рядом друг с другом, навечно перевернутые, навечно вместе во Вселенной; навсегда соединснные сердцами-магнитами, которые когда-то разбились и теперь вновь бились в унисон.

О КНИГЕ:

«**Г**олоса ангелов» Елены Лесник это серия вдохновляющих коротких рассказов, дающие читателю возможность заглянуть в жизни разных людей, которые на первый взгляд не связаны между собой. События рассказов происходят в разное время и в разнообразных местах с людьми разных полов и возрастов. Все рассказы крайне психологические и духовные, порой граничащие с мистицизмом. Каждый рассказ обнажает уникальные грани жизни: необузданные страсти между мужчиной и женщиной, ищущих друг друга; двух женщин наконец-то решивших быть вместе; внуков, почитающих память своих бабушек и дедушек; двух влюбленных, решивших двигаться дальше разными путями; матерей и детей, пытающихся открыть свои сердца; путешественников и путников, обменивающихся опытом своих странствий; одержимых и антоганистов, которые делятся своими мечтами. На самом деле, во всех историях описываются особые отношения двух душ, каждый раз персрождающихся в новых телах, пытаясь, наконец, воссоединиться. И каждый раз мы становимся свидетелями их уникальных голосов.

Серия рассказов «Голоса Ангелов» началась с «Цензора», который вдохновил автора на написание всех последующих историй. Они приходили как кусочки пазлов, спорадически и ложились на бумагу текстом, вдохновляя художников рисовать индивидуально прочувствованные, уникальные иллюстрации, которые очень точно отражают все коды и образы текстов.

Отзывы:

«Как серебряная ниточка, разделяющая реальности, сияющая так, что разделение не заметно, просто сияние…»

«Спасибо за рассказы. Я каждый рассаз читаю, и слезы катятся из глаз.»

Выставка картин онлайн:

https://www.upsidedownproject.art/exhibits

Об авторе и команде:

Автор: **ЕЛЕНА ЛЕСНИК,** писатель и поэтесса. Она родилась и выросла в России и теперь живет в США. Елена сама выпустила свою первую книгу коротких историй и стихов «Ангел и Фея» (2019). Вскоре после этого вышла англоязычная версия книги с рассказами «Angel and Fairy» (2020). По их мотивам были выпущены аудиокниги музыкальных стихов (2021, 2022, 2023). Елена также является специалистом в сфере ведения проектов в IT, бизнес консультантом, личным наставником и коучем, тренером по плаванию, мамой двоих детей. Она пишет свои произведения как на английском, так и на русском.

Наша команда:

Иллюстратор:

Татьяна Сябирова (Обложка)

Художники:

ТАТЬЯНА ДЕНИСОВА

Я художник. Моя душа создает новые миры на моих полотнах. И только тогда, когда я заканчиваю свои работы, я чувствую как радость заполняет все мое естество. Мои картины это моя жизнь, моя еда и вода, мои дети и семья.
Сайт: https://tatianadenisova.com

АЛЕКСАНДРА ЛИСИН

Александра — талантливая художница, 30. Она искусно соединяет несколько стилей рисования, создавая гармонию в мире. О проекте: «У меня была мечта сделать картину на основе рассказа талантливого писателя. И я счастлива, что мои мечты осуществились. Я надеюсь, что моя картина принесет радость всем, что ее увидит.» **Instagram: @artist_alexlisin**

АРТЕМ МИРОЛЕВИЧ

Артем Миролевич, в прошлом опытный иллюстратор. Его страсть к деталям и качественным прорисовкам пронизывает все его творчество (как на полотнах так и в резьбе). Каждая работа это сама по себе полноцветная история, сюрреалистичный рассказ о людях и местах в других мирах, где художник полностью доверяется своему творческому воображению. Черпая свое вдохновение от Дюрера, Дали до комической традиции Manga, работы Миролевича — это портал в мистическую мета цивилизацию, где конец мира и надежда на жизнь живут вместе.
Сайт: https://artemart.com

АНАСТАСИЯ ПИТАНОВА

Мама, художник, предпрениматель, автор, Анастасия верит в неограниченные способности каждого человека. Каждый из нас может всего достигнуть! Она всегда мечтала изменить своим творчеством жизнь других и раскрыть свой творческий потенциал. Приехав из России в США в 2005 году она начала искать себя. Как художник она работает с некоммерческими организациями создавая картины для их аукционов, а также картины для частных коллекций ее клиентов.

Сайт: https://premiumartdesign.com

ДЖОНАТАН РАМИРЕЗ

Он родился в городе Монтеррей N.L. в Мексико, и сейчас живет в Далласе штата Техас. Джонатану 34 года, и сейчас он работает над новой серией картин. Он специализируется в скульптуре, мультимедия искусстве, написании картин, фотографии.

Сайт: https://www.jonaramirezdesign.com/

ОЛЬГА СОФИЕВА

Ольга – профессиональный художник. Она закончила Художественную Акадению в Туркменистане и работала в Художественном музее 5 лет. Она также преподавала 8 лет в художественной школе. В 2012 переехала в город Бока Ратон, Флорида, США и продолжила создавать произведения искусства и идти за своим невероятным талантом.

ЮРИЙ ВОРОБЬЕВ

Юрий родился и вырос в Киеве, бывшем Советском Союзе. Он служил в Советсткой Армии 2 года, а затем стал профессиональным игроком в большой теннис и, впоследствии сертифицированным инструктором по теннису. По образованию Юрий программист и инженер. Он создал новый стиль рисования The TileStyle (рисование на мраморе или плитке) в начале 2019. Совсем недавно Юрий начал писать сказки и истории на основе своих рисунков. Он публикует свои работы на сайте Author Today.

Instagram: @georgetilestyle

ТАТЬЯНА ДЕМИНА

Талантливый педагог, преподаватель русского языка и литературы, Татьяна также страстно любит искусство, рукоделие, роспись по шелку. Для этой книги она создала картину «Музыка» на шелке вместо холста. Татьяна также организовала несколько русских школ и участвует в фестивалях русской культуры на территории Флориды.

Facebook:

https://www.facebook.com/media/set/?set=a.105866931963889

www.ingramcontent.com/pod-product-compliance
Lightning Source LLC
Chambersburg PA
CBHW051444150726
48000CB00005B/2243